「俺と結婚してほしい」

ナゼルバート・
フロレスクルス
ミーア王女に婚約
破棄を突き付けら
れた公爵令息
アニエス・
エバンテール
時代遅れの姿から社交
界で『芋くさ令嬢』と呼
ばれていた

ロビン・
レヴビシオン
男爵家の庶子
ミーア・デズニム
我が儘な王女。ナゼ
ルバートの元婚約者
ベル
明るく華やかな商人。
ケリーの知り合い
ケリー
ナゼルバートに
仕えているメイド

「怖くない？」
「はい、平気みたいです！」
辺境までの空の旅

芋くさ令嬢ですが
悪役令息を
助けたら気に入られました
著 桜あげは
Ageha Sakura
絵 くろでこ
Kurodeko
1

Contents

It is the girl who was not sophisticated,
but I was liked by villain when I helped.

0 序章

その日は、私――アニエス・エバンテールにとって最悪な一日だった。

晴れやかな秋空の下、美しい花々が咲き乱れるルグレ伯爵家の庭園では、大勢の若い貴族が集まり交流を深めている。

平らな石を敷き詰めた広い芝生に洒落《しゃれ》たテーブルが並び、色とりどりのケーキやジュースが洗練された身なりの給仕係によって運ばれていた。

そんな中、私は庭の隅っこで白く重いドレスを引きずり、ただひたすら存在感を消してテーブルと一体化している。

テーブルクロスが白いので動かなければ目立たず、長く苦痛な時間が終わるまで身を潜めていれば誰にも声をかけられずに済む気がした。

(早く帰りたい)

否定的な気持ちで息を殺していると、朗らかに話す集団にいた一人の令嬢の目がキョロリとこちらを向く。孤立する獲物を発見した彼女の口元が、意地悪げにニッとつり上げられた。

……嫌な予感がする。

「あらぁ～？　やけに不格好なテーブルがあると思ったら、アニエス・エバンテール侯爵令嬢じゃありませんことぉ。本日も個性的なお化粧に重厚なドレス、とぉ〜ってもお似合いでしてよぉ？　白すぎて気がつかなかったですけど〜」

クスクスと笑う令嬢に釣られ、他の貴族も次々に私の方を向いた。

その中で一人の青年が令嬢に便乗する。

「おやおや、先ほどまでのようにヤラータ殿を追わず、そんな場所に突っ立っていてよろしいのですか？　エバンテール家が彼に婚約を打診したと小耳に挟んだのですが？」

「嫌ぁねぇ、アニエス様が可哀想《かわいそう》ではありませんかぁ。だって、肝心のヤラータ・ルグレ様は向こうにいる子爵令嬢に夢中なのですからぁ？　ねぇ〜？」

「たしかに、先ほどもヤラータ殿に話しかけようとしては、全力で逃げられていましたね。アニエス嬢の片想《かたおも》いというわけか。はっはっは！」

その場にいる全員に高笑いされ、悔しく思う私はぐっと唇を噛《か》みしめる。

（だから目立ちたくなかったのに）

何も言い返せないままきびすを返し、逃げるように早足で別の場所へ移動する。

（私だってヤラータ様は好きじゃない。でも、親から声をかけろと言われたのよ）

別のテーブル付近でまた気配を消し、己の情けなさとやりきれなさにうなだれる。

ルグレ伯爵家で行われる催しは、ここの息子と私との政略的な婚約発表の場になるはずだった。

我がエバンテール侯爵家から送った婚約打診を受け、ルグレ伯爵家で開かれた婚約発表パーティー……。

たしかにそう告げた両親に命じられ、私がこの場に送り込まれた。

しかし、伯爵家から受諾の返答がなかったので、前々から不安に思っていたのだ。そして、悪い予感は的中する。

ルグレ伯爵家はやはり、婚約を受諾して私を迎え入れる気などなかったのだ。

パーティーの最中、肝心の伯爵令息ヤラータ様は私を嫌がって逃げ出し、話しかけることすらできない。伯爵と夫人も曖昧な笑みを浮かべるばかりで、「息子の意思を尊重したい」などと言う。

これでは、はるばる遠い領地から馬車に乗って来た意味がない。

そして、パーティーの終盤に事件は起こった。

あろうことか、ヤラータ様は私ではない他の令嬢の手を取り、彼女との婚約を大声で宣言したのだ。エバンテール家の婚約打診は噂《うわさ》にもなっていたので会場中が騒然とする。

「子爵令嬢と婚約？　やはりそうなったか」

「まあ、相手が『芋くさ令嬢』では逃げ出したくもなりますわよね。内心、同情しておりましたの」

「私もです。アニエス様はあのとおり醜い容姿ですから」

「真っ白な顔に真っ青な瞼《まぶた》、真っ赤な頬と唇。お化けのような化粧は一世紀前のものですわ。ドレスだって、いまどきあんな重苦しく動きにくいデザインは流行《はや》りません。髪型もクルクルと巻きすぎて頭が巨大化しています。まるで、昔の絵画から出てきたような姿ですわね」

「ヤラータ殿は上手《うま》く逃げ切りましたな。両親もホッとされているのでは？　今回も面と向かって断りきれず、仕方なくパーティーを開いたようですし。息子が他の令嬢と恋仲になったのを理由に打診は消えるでしょうね」

「いくら格上とはいえ、エバンテール家はもう落ち目。古くさくて頭の固い面倒な家ですから関わっても旨《うま》みがない。特別な魔法の才能があれば考える余地が生まれるが、アニエス嬢が使えるのは地味な魔法だったような」

ウフフ、アハハとまた笑い声が響く。

口々に放たれる「おめでとうございます」の言葉の嵐を前に、一人ポツンと取り残された私は、ともすれば吹き飛ばされてしまいそうに心もとない気持ちで佇《たたず》む。

ただ、自分が惨めだった。

パーティーが終わり、ヤラータ様の両親が手をすりあわせながら私に近づいてくる。

媚《こ》びるようなぎこちない笑みを貼り付け、伯爵夫人が口を開いた。

「アニエス様、そういうわけだから婚約の打診はなかったことにしてほしいの。ごめんなさいね」

「申し訳ない、我々も息子には幸せになってもらいたいんだ」

伯爵も夫人の言葉に頷《うなず》きながら告げた。

「そうなの。愛のある結婚って大事だと思うのよね」

今にも叫び出しそうな自身の気持ちを抑え、表情筋に力を込めて平常心を保つ。

（ふざけないで！）

これは貴族同士の政略結婚で愛だの幸せだのは二の次、少なくとも私はそういう覚悟を持って、たった一人でこの場へ来た。

（理由があるならば、さっさと断ってくれればよかったのに）

エバンテール家の治める領地からここまではかなり遠く、重いドレスを着て馬車で移動するのはそれはもう大変だった。

こみ上げる不満をこらえて口をつぐんでいると、伯爵が軽い調子で話を続けた。

「ですから、アニエス様からエバンテール侯爵に伝えてくださいませんか。今回の話はなかったことにしてほしいと」

「伯爵閣下から書面にて正式に父にお伝えいただけますか。さすがに今回の件で私からの口頭連絡だけというのは……」

打診段階ならともかく、エバンテール家側は婚約が成立する前提でパーティーに参加している。それを断るのに、立場をなくした当の令嬢に依頼し、口づてで知らせるだけなど、普通なら「非常識」と言われても仕方のない行動だった。

「そこをなんとか！　こんな事態になってしまったし、話しづらいんだよ」

「困ります。直接が無理なら、せめて使者に書面を託してください」

正式な書類があれば、ギリギリマナー違反には問われないだろうと思っていると、伯爵はさらに驚愕《きょうがく》の台詞《せりふ》を吐く。

「書類なら、ここにありますから。アニエス様が侯爵閣下に渡せばいいのでは？」

予め《あらかじ》用意してあったらしい書類を手に、伯爵が落ち着きのない足取りで近づいてきた。

私を使者代わりにしようなどとんでもない考えだが、悲しいことに「芋くさ令嬢」は各方面から嘗《な》められている。

書類を私に押しつけた伯爵は、逃げるように屋敷へ入っていった。

「ホホホ。では、わたくしも失礼しますわね」

夫人も慌てて夫のあとを追う。

そうして広いパーティー会場には、私一人だけが取り残された。この場に味方は一人もおらず、なんともやりきれない。

（はあ、やっぱり帰りたくないかも）

淡い橙《だいだい》色の夕焼け空を見上げながら、為《な》す術《すべ》のない私は長いため息を吐《つ》き、力なく肩を落としたのだった。

※

屋敷に帰っても、私の受難は続いた。

「この役立たずがぁっ！」

力強く頬を張り飛ばされた衝撃で、私は固い石の壁に強く背中を打ち付ける。

数日かけて伯爵家からエバンテール家へ戻り、屋敷の玄関で伯爵から預かった、婚約を断る旨の書かれた書類を見せた瞬間、父が烈火のごとき怒りを見せたのだ。

よろけて床に崩れ落ちた体を起こし、慌てて逆上した父から距離を取る。

「なんのために、わざわざ遠くの領地まで行かせたと思っているんだ。格下の伯爵令息まで射止められなかったとは。この十七年間どれだけお前に金をかけたか！　侯爵家の穀潰《ごくつぶ》しめ!!」

のろのろと立ち上がり腫れた頬をさすったら、手首に赤い色が付着した。唇が切れたのか、舌に鉄の味が広がる。

「お父様、申し訳ございません」

冷静にハンカチを取り出し口元を拭いつつ、私はこれ以上叱られないように、怒鳴り散らす父を観察した。誰も庇《かば》ってくれない我が家では、自分で自分の身を守るしかないのだ。

現に母も遠くから眺めるだけで、娘を助ける気はゼロだった。

憐《あわ》れな父は、私が貴族子弟の心を射止められると信じて疑わない。そんなことは不可能だと、少し考えれば誰でもわかるのに。

――「芋くさ令嬢」

それが社交界で同年代の貴族が噂する、私の蔑称なのだから。

よろよろと立ち上がり、父から逃げるように部屋を出る。ここにいては危険だ。

「おい、まだ話は終わっていないぞ！」

扉の向こうから父の怒鳴り声が響いてくるが、時間が経《た》てば落ち着くだろう。これ以上顔面を殴られると令嬢的にまずい。

少し時間をおけば、父だって娘に傷が残って政略に使えなくなることと、怒りの衝動を抑えることとを天秤《てんびん》にかけるくらいには思考が回復するはず。

（相手を選ばなければ政略結婚自体はできると思うし）

この家では侍女や使用人も私を守ってはくれず、廊下を走る姿を見て嫌味を口にするだけだ。

「アニエス様は、またお叱りを受けているのね」

「どうせ、いつものようにご両親に反抗したのでしょう。一族で一番できが悪い方ですもの。今まで何度もエバンテール家の考え方に文句を言って」

代々エバンテール家に仕えている使用人も、エバンテール家の方針に忠実に従っており、幼い頃からその考えに疑問を抱く私を「反抗的だ」と叱り、何かにつけて注意してくる。

とにかく、伯爵家のパーティー帰りで疲れた私は小うるさい使用人を無視し、お下がりのドレスの埃《ほこり》を払って小さな自室に駆け込み扉を閉めた。

「はあ、本当にくたびれた。伯爵家は遠かったわね」

すでに窓の外は闇色に染まり、どこか遠くでフクロウの鳴き声が聞こえる。

ギュッと力を入れてドレスの裾を持ち上げ、感情のおもむくままソファーに走りより、ドスンと勢いよく腰を下ろした。しかし、まだまだ気は休まらない。

しばらくすると、ドンドンと大きな音を立ててドアがノックされる。

「今度は誰なの？」

答える前に乱暴にドアが開けられ、白いタイツを穿《は》き丸い眼鏡をかけた、マッシュルームヘアの少年が駆け込んできた。

彼は今年で十二歳になる私の弟、ポール・エバンテール。ぴったりと体型のわかるタイツに股を隠すコッドピースを装着する、曽祖父の時代の衣装を身につけている。ちなみに、いまどきの少年貴族は誰もこんな格好をしていない。

(股間が目立って恥ずかしいものね)

当時は大きなコッドピースをつけるほど男らしくてよいという風潮があり、父などは巨大なものを特注で職人に作らせていた。

鼻筋にしわを寄せた弟は、軽蔑を露《あら》わにした顔で言葉を紡ぐ。

「姉上、母上から聞きましたよ。またお見合いに失敗したそうですね」

「お見合いじゃないわ。婚約成立パーティー……になるはずだった集まりだもの」

「どちらでもいいですが、これ以上我が家の恥をさらさないでください。どうして、いつまで経っても婚約の一つも取り付けられないのですか」

「簡単に言わないで」

同じ一族同士で結婚した父と母はともかく、エバンテール家の人間が他家と婚約するのは至難の業なのだから。

(今は世間知らずだけれど、もう少し大きくなればポールにもわかるはずだわ)

彼はまだ幼く、パーティーには両親同席で出席した経験しかない。

面と向かって馬鹿にされたことがないから、自分がおかしいのだと気づけないのだ。近いうちに、社交界の洗礼を受けるだろう。

「まったく、こんなのが姉だなんて恥ずかしいですよ。平凡以下の外見で突出した才能もなく、魔法もたいしたものではない。父上や母上に対しても反抗的な態度ばかり。由緒正しき我が家唯一の汚点だ」

「はいはい、そうですか」

〝由緒正しき〟エバンテール侯爵家。

我が家がそう呼ばれたのは、かつて宰相の右腕として活躍した曽祖父の時代。

当時のエバンテール家は国内で大きな力を持つ貴族の鑑《かがみ》として、多くの人々から尊敬されていたが、親の威光を笠《かさ》に着て傲慢に立ち振る舞った祖父の代で顰蹙《ひんしゅく》を買い、ほぼ領地運営だけで生きる地方貴族に成り下がっている。

今現在に至っても血筋だけを誇りに、最も繁栄した古きよき曽祖父の時代をうらやむばかり。

時代に合わせた生き方や事業を放棄したエバンテール家は、今やカビの生えた価値観にこだわる、魅力ゼロの化石貴族として周囲に認識されていた。

私の家族は時が止まったまま、曽祖父の時代の価値観のまま今を生きており、なんでもかんでも栄華を誇った時代を踏襲すればいいと思っている。

当然エバンテール家の方針は、この家の娘である私の教育にもしっかり受け継がれた。

幼い頃から私は古きよき時代の由緒正しい貴族令嬢の装いを強要され、当時の子女の教育をたたき込まれ、少しでも流行り物に興味を示そうものなら全力で否定されるような教育を受けてきたのだ。

よって、当然ながら同年代の令嬢の話題について行けない。

私の知る古めかしい話題に彼女たちは興味を持たず、双方の距離が自然と開いた結果が、顔を合わせればクスクスと笑いものにされる関係である。

令嬢だけではなく年頃の貴族男性の間でもそうで、むしろ彼らの方が酷《ひど》いといえた。

あからさまに私を見て馬鹿にするような笑いを浮かべ、私に告白するという罰ゲームを生み出し、ついには私に「芋くさ令嬢」などという不名誉なあだ名をつける。

ちなみに「芋くさい」とは田舎者で野暮ったく、センスがないという意味だ。

たしかに、うちの領地は田舎にあるけれど、明らかにそれだけを理由につけられた呼び名ではない。私は脱したいのだ、この環境から。

「ともかく、これ以上恥をさらさないでくださいよ。姉上のせいで僕の評判にまで傷がついたら困りますので」

言いたいことだけ言うと、弟はさっさときびすを返し、部屋を出て行ってしまった。

ようやく嵐が去り、私は座っていたソファーに倒れ込む。溜《た》まった疲れにあらがえず、淡い眠りに引き込まれていくのがわかった。

(先に着替えなきゃ……でも、無理)

気絶するように私は真っ白な世界の中へ意識を飛ばした。


――ぐにゃぐにゃとゆがむ視界に映る、小さな女の子が何かを訴えている。

あれは、幼い頃の私だ。

『お母様、なんでわかってくれないの？　他の家の子は、誰もエバンテール家のような生活をしていないわ。どうして私の身につけるものは、お祖母様《ばあさま》のお古ばっかりなの？』

私の質問に、今より若い母が真っ赤な唇をへの字に曲げて答える。

『まあ、アニエス。そんな罰当たりなことを口に出してはいけません！　あなたのドレスも靴も、今風の安っぽく品のない装いより、ずっとよいものなのに！　お祖母様と体型が似ていた自分を幸運だと思いなさい』

『でも、他の子たちは、私のドレスを古くて貧乏くさいとからかうの。うちは生活に困っているわけじゃないのよね？』

『失礼な！　そんな子たちの話を真に受けるんじゃありませんよ。古きよきものの価値がわからないなんて、付き合うに値しない低俗で下品な人間だわ』

そう言うと、母の姿はスウッと薄れていった。続いて、若き日の父が現れる。

『お父様、どうして私だけお菓子を食べられないの？　皆の家ではおやつの時間があるのに……』

『うるさい、くだらない話で私を煩わせるな！　食事に不自由しているわけでもないのに、菓子など必要ないだろう。馬鹿共は相手にせず、お前は堂々としていればいいんだ！　いちいちウジウジするんじゃない。見苦しいぞ！』

拳を振り上げた父の姿も薄れていく。続いて現れたのは、かつての厳しい家庭教師だ。

『まあ、アニエス様、こんな簡単なこともできないのですか？』

『だってこれ、今の時代に学ぶ必要がある？　本によると百年前に主流だった古すぎる風習だわ。それよりも……』

『生意気を言うんじゃありません、あなたは大人に従っていればいいの！　お嬢様ができないとお叱りを受けるのは私なのですよ！』

罰として、腕に何度も鞭《むち》を振り下ろされた私は泣いていたが、家庭教師の幻影もしばらくすると消えていった。

また場面が切り替わって、今度はどこかのパーティーに参加する私がいる。

先ほどより成長した姿なので、初めて社交の場に出たくらいの年齢だろう。

『見て、何あの格好。サーカスの道化みたい！　ドレスは黄ばんでいるし、お化粧も古くさすぎない？　ねえ、誰かあの芋くさい女に声をかけてみてよ』

『俺は嫌だよ、気があると勘違いされたらどうするんだ。道化どころか化け物じゃないか、あんなのと一緒に歩くなんて恐ろしすぎる！』

笑っているのは同年代の貴族の子供たちだ。「お友達ができるかしら？」なんて淡い期待に胸を膨らませた私は、このあと泣いて帰ることになる。苦い思い出だった。

そして、自分の格好や行動を改善すべく何度も両親と話し合ったが……いつも彼らとの会話は平行線。二人は私の訴えを聞き流すだけで、本気で相談に乗ってくれたことなど一度もなかった。

そんなことを思い出し悲しい気持ちになっていると、昔の私の姿が徐々にぼやけていく。

不思議と、「夢から覚めるのだ」と理解できた。

瞼を開けると自室の天井が見える。少し仮眠を取ったものの、夢があれだったので余計に疲れてしまった。

幼い頃から理不尽な目に遭う日々が続き、私は他の貴族と自分の違いに日頃から疑問を抱くようになる。そして、エバンテール家がおかしいのだと気づいた。

「……もう嫌だわ。早く出家したい」

この国には貴族子女の避難所としての役割を持つ「修道院」という施設がある。

何らかの事情で結婚できなかった女性は、そこで修道女として一生を過ごすことが多いのだ。

修道女は清貧な生活を送っていると言うが、我がエバンテール家もなかなかのものなので適応できると思う。

私が身につけているのは、祖母のお下がりであるドレスや年季の入ったアクセサリー。

質のよい品でサイズが同じだからと、母から半ば無理やり押しつけられた品で、上着も鞄《かばん》も靴さえも祖母のお古。自分の持ちものなど一つもない。

我が家の価値観によると、重くて分厚い一世紀前のドレスこそが〝よい品〟であり、軽量化されたいまどきのドレスは〝ペラペラした安物〟ということだった。

そのせいで、数年前からずっと祖母の服ばかり着せられている。

今回のパーティー衣装だってそうだ。保存状態が悪かったのか、黄ばんだ白い絹製の重厚なドレスは見るからに年季ものだとわかる品。

しかも、黒髪だった祖母とは違い、私の髪は白に近い銀髪で肌もどちらかというと色白。

……わかるだろうか。そんな私が白を着ようものなら、全身真っ白になるのである。

ルグレ伯爵家のおろしたてのテーブルクロスに紛れても、黄ばみに違和感を覚える程度で、注意して見なければ判別できない。

華やかな令嬢たちが集まる会場では私だけが明らかに浮いており、冷静に考えると、そんな悪目立ちする女を伯爵令息が将来の相手に選ぶはずがなかった。

ちなみに伯爵令息の前は、第二王子のお妃《きさき》の座を巡る争奪戦に強制参加させられ、一度も王子と話せないまま敗れ去った。今でも苦い思い出だけが残っている。

もう二度と、婚活なんかしたくない。引きこもりたい。

(将来は修道院に送ってちょうだい、頼むから)

けれども、プライドだけは高い父は絶対に私の婚約を諦めない。

娘が結婚もせず修道院へ入るなんて、恥だと思っていそうだ。

(いいじゃない、私がどこへ行こうと弟が侯爵家を継ぐんだから。不出来な娘には何も期待しないでよね)

しばらくするとメイドたちが来て、私を着替えさせメイクを落とした。

私は一人で着ていたというのに、彼女たちは数人がかりで「よっこらせ」と超重量級ドレスを運んでいく。

「もう、婚約騒動はこりごりだわ。どこへ行っても、惨めな思いをするだけなんだから」

軽くなった体をベッドに横たえ、枕元に置いていた本を開いた。

嫌な現実から解放してくれる読書は好きで、私は本棚にある全ての本を読破している。

今読んでいるのは、街の本屋から取り寄せた分厚い魔法書だ。

この国の人間は誰でも一つだけ自分に合った魔法が使え、貴族の多くは幼い頃に教会で鑑定してもらう。教会には他人の魔法を判断する「鑑定」という魔法を持つ人々が集められ、彼らは平均以上の生活が保障されるのと引き換えに教会を訪れる人々の魔法を調べているのだ。

エバンテール家の領地にも小さな古い教会があった。

そこの鑑定師が両親に連れられた幼い私を見て「ものを強化する魔法を持っていらっしゃるでしょう」と口にしたらしい。

ほとんど記憶はないが、ともかく私の魔法は「物質強化」という、珍しいが地味であまり役に立たない魔法だと判定された。

エバンテール家が魔法に無関心なこともあり、私の魔法教育は捨て置かれたものの、持ちものの補強くらいはできる。

重宝がられる魔法は体の大きさを変えたり、他人や動物に変化したりするもので、最も優れた魔法は自然を操るものと言われている。さらに伝説級となると、人知を超えた治癒や浄化の魔法も過去には存在したようだ。

魔法書で現実から逃げていると部屋の扉が開き、先ほどまでの私と同じ、濃い化粧を施した女性がつかつかと入ってきた。銀縁で外側の尖《とが》った眼鏡をかけた険しい顔つきの壮年女性……彼女は私の母親だ。

（ノックぐらいしてほしいんですけど）

残念ながら、今まで母が私の意見を尊重したことは一度もない。

彼女は大きな家具の並ぶ狭苦しい部屋を見回すと、古びたソファーの前までずかずかと近づき仁王立ちになった。目の前で背の高い母に立たれると威圧感がすごい。

「まったく、婚約を断られてすごすごと引き下がってくるなんて情けない娘ね！　もっと粘りなさいよ！」

父や使用人たちや弟に続き、母も小言の嵐を浴びせかけてきた。概《おおむ》ね同じような内容なので、先ほど読んだ本の中身を反芻《はんすう》しながら聞き流す。

（うーん、まだ喋《しゃべ》っているけれど疲れないのかしら）

しばらくすると、母はゼェゼェと息を切らせながらようやく会話を締めくくった。

「そういうわけだからアニエス、今度の王女様の婚約を祝うパーティーにあなたも参加するのよ。次こそいい相手と婚約するの。わかった？」

「……はい？」

現実逃避をしている間にすごい話になっている。素直に聞いておけばよかった。

「王女殿下の婚約を祝うパーティーですよね？　それは婚活の場に相応《ふさわ》しくないのでは？」

「お黙りなさい、もう贅沢《ぜいたく》は言っていられないの。同年齢の貴族の長男たちは、次々に婚約を成立させているんだから。このままではよい相手がいなくなってしまうわ、あなたが不甲斐《ふがい》ないせいでね！」

さっさと婚約を成功させたいなら少しは協力してほしい。主に重苦しいドレスとか、濃すぎる化粧とか。

（でも、お母様に直接訴えると、文句が三十倍返しになって襲ってくるのよね）

早く部屋を出て行ってもらいたいので、ここは口をつぐむに限る。

「それで、今度はどこの貴族令息を狙えばいいのですか？」

「ブリー子爵家の息子よ！　向こうの家は爵位こそ低いけれど、お金持ちでエバンテール侯爵家との繋《つな》がりを望んでいるわ」

「わかりました」

地位目当ての婚約で結婚後に浮気されるパターンだと予測できても、私に拒否権はない。

ただ母の機嫌を損ねないよう頷く。やっぱり修道院に行きたい……と考えながら。

「ドレスはまた、お祖母様の衣装を着ていきなさい。たくさんあるでしょう？」

祖母の衣装はたくさんあるにはあるが、どれもデザインが一世紀近く前のものだ。

（いくらなんでも、王女殿下の婚約を祝うパーティーにその衣装はまずいのでは？）

国中の貴族が集まる王城で、芋くさい姿を披露したくない。

「あの、昔のドレスは重くて動きづらいので新しいものが欲しいです。お祖母様の靴は私には小さいですし……」

しかし全てを言い切る前に、私の言葉は母によって遮られる。

「罰当たりな！　何を馬鹿げたことを言っているの？　ペラペラした布を使った安物を着て出歩くなんてとんでもない、お祖母様のドレスは今では手に入らないほど値打ちのあるものなのよ？　それに靴が多少小さくても、あなたが我慢すればいいだけの話でしょう？　いまどきの平べったい柔な靴を履くよりよほどマシよ！」

何もわかっていない母の言葉を聞いて、私は深くため息を吐いた。たしかに彼女の言うとおり、祖母が持っていたようなドレスは現在手に入らない。

値打ちのあるドレスが消滅した理由を察してほしい。

（重すぎて売れないからですよ！）

流行の靴が柔らかめなのは、足に負担がかからないよう改良されているからで、多少幅広なのも履く人の足の形に合わせてあるからだ。そしてヒールの高さも無理のない範囲に調整されている。

（お祖母様の靴を履くと、靴擦れが酷くて出血するのよね）

社交界デビューしてからというもの、私は常に祖母の持ちものを身につけることを強要されている。祖母は早世してこの世にいないけれど、彼女の持ちものは全部我が家に残っていた。

（それにしても、あんな重いドレスや痛い靴にずっと耐えていたなんて、お祖母様の時代の人はすごいわ！　体力と気力のお化けだわ！）

私もずいぶんたくましくなったけれど、彼女たちには叶《かな》わないと思う。

パーティーは長いだろうし、せめて少しでも楽な姿で過ごしたい。

「お母様、軽くなるようにスカート部分を調整していいですか？」

私は妥協案を出してみた。

何重にも重なる布地を減らせば、きっとマシになるはず……と思ったが、母は眉を顰《ひそ》めるだけだった。

「アニエス、ふざけないでちょうだい。そんな馬鹿な真似《まね》が許されると思うの!?　あなたの子供にも引き継いでいく大切なドレスなのに」

万が一、将来子供ができる事態になっても、私は超重量級ドレスによる児童虐待に加担せず、素直に新しいドレスを買ってあげようと決意する。

「とにかく、今度は婚約を失敗しないでちょうだいね！　向こうのご両親には、もうお話ししてありますから」

母の言葉で、私の心はズンと重くなった。

「確認ですが、今回はきちんと婚約打診のお返事をもらえたのですよね？」

前回の伯爵家でのようなことがあっては困るので、母に問いかけたのだけれど。

「……コホン、お話はしてあります」

なぜだろう。急に彼女の歯切れが悪くなり、話の勢いがなくなった。

（もしかして、また打診だけして返事をもらえていないパターン!?　そんなの困るんですけど！）

毎回毎回、現場で実害を被るのは私なのに。

両親は口ではあれこれ言うが、まったく婚活に協力してくれない。

エバンテール一族出身のいとこ同士である父と母は、同じ価値観を持つもの同士の婚約で苦労をしていない。彼らは、娘の大変さをわかってくれず、「芋くさ令嬢」と呼ばれる今の境遇にも無関心で無茶な要求ばかりしてくる。

（返事を先延ばしにされているのは、向こうが乗り気じゃないからだとどうしてわからないのよ！いい加減、気づいて！）

なんの援護もなく、「芋くさ令嬢」に相手の心を射止めろと命令するなんて無策すぎて片腹痛い。ついでに胃も痛い。

ただでさえ堅苦しく時代遅れなエバンテール侯爵家は、他の貴族から敬遠されており、私の奇天《きて》烈《れつ》な格好がそれに拍車をかけている。

（いやだよう、行きたくないよう）

なんて考えても、王宮行きがなくなるわけではない。

私は戦々恐々としながら、その日を待つしかないのだった。

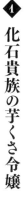

❶ 化石貴族の芋くさ令嬢

大陸の西端に位置するデズニム国は、縦に長い国土と険しい山々からなる王制の古い国だ。

南と東は他国と隣接しているけれど長きにわたって争いはなく、平和な治世が続いていた。

うちの領地や王都は温暖で四季があるが、南の辺境では異なるという。行くことはないけれど。

そして今は冬――温暖な国といえど、袖なしのドレスで歩き回るには寒い。

王都の城に到着した私は馬車から降り、むき出しの両腕を抱えてガタガタと震える。

いよいよ、王女殿下の婚約を祝うパーティーの日がやってきたのだ。

（なんでこんな時期にパーティーを開催しようと思ったの？　王都は標高が高いから余計に寒いんですけど！）

ただでさえ憂鬱な気分が八割増しになる。

数日前から王都にある別邸に家族と滞在していた私は、もっさりと重いドレスを押しつけられ、顔をこれでもかというくらい塗りたくられて馬車に詰め込まれた。

着替えを手伝う侍女に何を言っても無駄だったのだ。

『もっと化粧は薄くしてください。髪もぐるぐると巻かないで普通に下ろしてほしいの』

『アニエス様、これでもまだ薄いくらいですよ。奥様をご覧ください、白く美しいエバンテール家の伝統的な化粧そのものです！　本当はあのくらいの格好をしていただきたいですわ』

たしかに、母はクリームたっぷりのケーキを顔面にぶちまけたくらい真っ白な顔だった。髪だって私の三倍は巻いて、頭上に塔のごとく積み上げている。

（たしかに、あれはすごい。場の視線を一身に集めるわね）

結局私は侍女に言い負かされ、芋くさい格好のまま外に引きずり出されてしまったのだ。

さらに、なんとか登城を済ませたところで、母がとんでもないことを言い出した。

「わたくしは、あとから来るお父様と合流して挨拶に回りますが、あなたはきちんと殿方とお話するのですよ？」

「ええっ？」

寝耳に水の発言を受け、私は思わず彼女に縋《すが》る。

「お母様、一人にしないでください！　王宮のパーティーですよ？　単独で動く令嬢がいないわけではないですが、普通は付き添いがいるものです」

「エバンテール侯爵家の娘ともあろう者が、十七歳にもなって親を当てにするんじゃありません！早く大広間に行きなさい!!」

「そんなぁ～」

母に背中を叩《たた》かれ、私はよろけながら大広間に入る。

（ああ、プレッシャーが重いし、ドレスも重いし帰りたい）

しかし、そんな真似《まね》は家族が許さないのだ。

（逃げたら、お父様とお母様に怒られるわよね）

母の小言ももちろんだが、父の強力すぎる拳を受けるのは特に勘弁願いたい。

前に張り飛ばされたあと腫れが引かず、今でも顔に青痣《あおあざ》が残っているのだ。

娘に結婚相手を捕まえろというくせにその顔を腫らすなんて、言葉と行動が矛盾している。

私は骨董品《こっとうひん》感が漂うドレスを引きずりながら、重い足取りで大広間へ向かった。

パーティー会場には、王女の瞳の色に合わせた紫色の布が飾り付けられており、白いテーブルの上に女性が好みそうな小ぶりの料理が並べられている。

（おいしそうないい香りなのに、コルセットがきつすぎて食べられないなんて……辛《つら》い）

すでに大勢の貴族が集まり、様々な人物が至るところで交流していた。

『ご覧になって、芋くさ令嬢が来ていますわよ』

『本当だわ。相変わらず、ものすごい格好ね。一人で堂々と乗り込んでくるなんて、相当神経が図太いのね』

近くに立つ令嬢たちが、私を見てクスクスと小馬鹿にした笑みを浮かべる。

今回もまた、誰とも交流できそうにない。

（はあ、心もとないわ）

大広間は集まった貴族でごった返している。

大勢の中からブリー子爵家の息子を見つけるなんて無理だ。王女の婚約を祝う集まりだけあって、参加者が多すぎる。

悪目立ちしたくない私は、早々に部屋の隅へ逃げることにした。けれど――

「きゃあっ！」

何かに引っ張られる感覚がし、私は体勢を崩して盛大に転んでしまった。ヒールが高いので一度よろけると体を立て直せない。

床に手をついて状況を確認すると、途中に置かれたテーブルの飾りにドレスが引っかかったのだとわかった。

周りの貴族はクスクス笑うだけで誰も助けてくれず、憂鬱だった気分がさらに重くなる。

だから、こんな場所には来たくなかったのだ。

イライラしながら、ドレスを取り外そうと奮闘していると……。

「大丈夫ですか」

すぐ横から、美しい声がかかった。

「へっ……？」

振り返ると、信じられないほど整った顔をした青年が、心配そうに私を見つめている。

手入れの行き届いた真っ赤な髪に、透き通るように美しい琥珀《こはく》色の瞳。すっと通った鼻筋に、女性のように蠱惑的《こわくてき》な唇。気後れしてしまうほどの美貌がそこにはあった。

隙のない身なりや立ち振る舞いから、かなりの高位貴族だとわかる。

「はい、平気です。ドレスが引っかかってしまっただけですので」

慌ててドレスの裾を引っ張ると、美青年がテーブルに近づく。

「ちょっと待って。乱暴に扱うと破れてしまうよ」

そうして、少し屈《かが》んだ彼は、器用に引っかかっている布を取り外してくれた。

「これで大丈夫。ドレスも無事だ」

芋くさ令嬢の私に声をかけても、男性にとってなんの得もない。

他の貴族と同様に見て見ぬ振りもできただろうに、親切な人だ。

「あ、ありがとうございます」

心から感謝の意を伝えると、美青年はにこりと微笑《ほほえ》んで去って行った。

(素敵な人だったな)

あんな人と結婚できる令嬢は幸せ者だ。

私に手が届かない相手だということはわかりきっているので、余計な希望は持たないが。

一人で勝手に幸せな気分に浸っていると、近くにいる貴族の話し声が聞こえてきた。

先ほどクスクスと笑っていた人たちとは別の、噂《うわさ》好きそうな年配の男女だ。

『まあ、どうして、王女殿下の婚約者がこんなところにいらっしゃるのかしら』

『本日の主役だろうに。芋くさ令嬢なんかに声をかけて』

私の耳は彼らの会話を漏らすことなく拾う。

（……さっきの人、王女殿下の婚約者だったんだ）

どうりで、文句のつけようもない完璧な人物のはずだ。

王女の婚約者は大々的に発表されてはいないけれど、一部の貴族の間では公爵家の次男が最有力候補と言われていた。並々ならぬ上品なオーラを醸し出す美青年は、やはり高嶺《たかね》の花《はな》だったのだと理解する。

噂好きな貴族がまだ会話を続けていたので、私はさりげなく耳を澄ませた。

『それにしても、あの噂を聞きまして？　ミーア王女殿下は公爵令息のナゼルバート様という婚約者がいるにもかかわらず、男爵家庶子のロビン殿にご執心だとか。ナゼルバート様も気が気ではないでしょうね。優秀な婚約者がいるのに、王女殿下は何がご不満なのかしら』

『たしかに模範的な貴族だが、ナゼルバート様は完璧すぎて人間味が薄いんだよな』

『なんとなくわかる気がします。綺麗《きれい》なお顔で淡々と役目をこなされているご様子は、まるで仕事人形のようですものね』

話を聞きつつ私は首を傾《かし》げる。

（あの人はナゼルバート様というのね。普通に親切な人だったけれど）

転んだ芋くさ令嬢を皆が馬鹿にする中で、彼は唯一手を差し伸べてくれた。綺麗で隙のない人だけれど人形ではない。

『私も、ナゼルバート様は何を楽しみに生きているのだろうとは思うよ。彼の生真面目さを、奔放な王女殿下は厭《いと》っていたらしく、二人の仲は冷め切っているという噂もあるが……』

『あらまあ、本当かしら。でも、彼らが幼い頃に決められた政略結婚ですものね。遊びにしても今日のパーティーまででしょう』

『そうだな、王女殿下も義務を放棄することはないだろう』

複雑な気持ちを抱きつつ、私はテーブルから離れる。

（あんな素敵な人が婚約者なのに、浮気なんてできるものかしら）

しばらくして大々的な演奏と共に、前方の段上から噂の王女殿下が登場した。

露出の多い薄紫色のドレスに身を包む本日の主役は、すらりと妖艶で美しい。

ブロンドの髪には、ドレスと同じ色の宝石がちりばめられている。

（直接お姿を拝見するのは初めてだけれど、すごくセクシーな方なのね）

大きな胸が強調され、背中が丸見えという格好は自分に自信がなければできない。

婚約者のナゼルバート様と並ぶと、きっと絵になるだろう。

ここから、主役の二人が中央に出て、大々的に結婚に向けての話が発表される流れのはずだ。

興味を持った私は、少し遠巻きに婚約発表を見守ることにする。

しかし、そのあと思いがけない事態が起こった。

登場した王女殿下はナゼルバート様の方へは進まず、あろうことか彼以外の男性の手を取って中央に歩み出たのだ。王女殿下の予想外の行動にパーティー会場が騒然となる。

近くにいた噂好きの貴族が、また解説係よろしく喋《しゃべ》ってくれる。

おかげで、私にも今起きていることがわかった。

あんなに素敵な婚約者がいるのに、王女殿下は一体何を考えていらっしゃるのだろう。

噂好きな貴族たちは、身を乗り出してことの成り行きを見守っている。

『あれは……レヴビシオン男爵家の庶子、ロビン殿だ』

『王女殿下の浮気相手ね。婚約を祝うパーティーで婚約者以外の殿方の手を取るなんて、何を考えていらっしゃるのかしらね』

彼らの言うとおりだった。よりにもよって婚約祝いのパーティーの最中に浮気相手と一緒にいるなんて、とても不謹慎である。

王女殿下と男爵家のロビン様は、会場の中央で仲睦《むつ》まじく並んでいる。

観察してみると、ロビン様はナゼルバート様と同様、なかなかの美青年だった。

人間離れした美術品のように繊細なナゼルバート様の美貌とは違い、ロビン様の顔は親しみやすく甘い美しさだ。小麦色の肌に彫りの深い顔立ちで、垂れ目がちな目には愛嬌《あいきょう》がある。

ロビン様を見た貴族の噂話に、さらに熱が入り始めた。

『ナゼルバート様は、どうされるんだ?』

『あそこにいらっしゃるわ。お二人のもとへ向かわれるみたいですわよ』

中央に進むナゼルバート様に気づいた王女殿下とロビン様は互いに腕を絡ませ、揃《そろ》って不敵な笑みを浮かべる。

その親密な様子は、当然集まった貴族たちに不信感を抱かせるのにじゅうぶんだった。

『どうなっているんだ？　あんなにべったりひっついて』

『修羅場だわ』

噂好きな貴族たちも、ハラハラしながら様子を見守る。私も、少しだけ中央に近づいた。

険しい表情のナゼルバート様は、美しい眉を寄せてまっすぐ王女殿下を問いただす。

「ミーア殿下、これは一体どういうことでしょうか。彼は……？」

公の場で婚約者以外の男性と親しげに腕を組むのは大変よろしくない。

そんなことは誰が考えてもわかるはずだが、王女殿下は敢《あ》えてそうしているようだ。

（一体、どうして……？）

困惑するナゼルバート様の問いかけを受けた王女殿下は、不遜な態度で手に持った扇を開く。

「あら、どうもこうも、見てのとおりよ？」

続いて、ロビン様の頬に口づけた彼女は衝撃の言葉を口にした。

「ナゼルバート・フロレスクルス。わたくしは、あなたとの婚約を破棄します!!　そして、こちらのロビンと婚約しますわ！」

高らかな王女殿下の声は、パーティー会場中に響き渡った。

（はあぁぁっ？）

シーンと静まりかえった会場では、何が起こったのかとっさに理解できない貴族たちが、体を硬直させ戸惑いを浮かべる。私もそのうちの一人だ。

（どういう事態？　こんな宣言って許されるの？）

当のナゼルバート様本人も困惑しており、彼にとっても寝耳に水だったのだとわかる。

「ミーア殿下、いきなりそのような内容を口にされても、陛下がお許しになるはずがありませんよ。あなたは、王族の義務を放棄するおつもりですか？」

しかし、王女殿下は質問には答えず、続けてナゼルバート様を糾弾し始めた。

「わたくし、知っていますのよ。ロビンから全てお話は聞きました。あなた、何度もロビンをいじめていたのでしょう？　そんな酷《ひど》いことをする人物だとは思いませんでしたわ」

「……は？」

ナゼルバート様の言葉は、会場に集まった大勢の心の声を代弁していた。彼は本当に身に覚えがなさそうで、心底不思議そうな表情を浮かべている。

「ロビンは貴重な聖なる魔法の使い手なのです。魔力総量が多く、使える魔法も複数で、潜在能力は誰よりも上ですわ！　つまり、この国で一番魔法の才能に溢《あふ》れた人物！　彼の血はとても希少価値の高いものです！」

熱に浮かされた様子で早口で喋り続ける王女殿下を、会場の貴族たちは黙って眺める。

現在、国王陛下も王妃殿下も外国を視察中で、彼女を制止できる者がいないのだ。

「優れた能力を持つロビンがいる以上、あなたはわたくしの婚約者として必要ないのよ」

「……国王陛下と王妃殿下も、ミーア殿下の意見に賛成なさっているのですか？」

「さあ？　ロビンの有用性はわかっているし、許可するんじゃないかしら？」

どうやら王女殿下は両親に無断で婚約破棄を決めた様子だ。

とはいえ、ここまで大事になれば、陛下といえども収拾に難儀するだろう。

（ナゼルバート様のご実家も怒るのでは？　たしか、フロレスクルス公爵家はこの国の二大貴族の片方で現王妃殿下を排出した一族。相当な力を持っているはず）

考えていると、王女殿下がさらに言葉を続けた。

「お父様もお母様も、ナゼルバートの汚れた本性を知れば、わたくしの行いを認めてくれるはずですわ！　嫉妬に駆られて階段からロビンを突き落とそうとしたり、雇った者に彼を襲わせたり、服をビリビリに破いたり」

「……本性、ですか？　全て身に覚えのない話です。だいたい、分刻みでスケジュールが詰め込まれる私に、そんなことをしている時間はありません。あなたもご存じでしょう？」

「でも、ロビンはナゼルバートがやったと言っていますわ。わたくしも、ロビンを襲って捕まったゴロツキと会いましたの。彼らも、あなたの仕業だと口を揃えて証言したのですわ」

「ありえない！」

困惑し続けるナゼルバート様の顔つきが徐々に険しくなっていく。

（ナゼルバート様は、嫌がらせをするような人に見えなかったわ）

もし、あらぬ疑いをかけられているのなら、気の毒で仕方がない。自分だったらとても傷つく。

私は王女殿下に悪い印象を持った。

（仮に婚約破棄をするにしても、この場で不意打ちで告げる話じゃないわよね。普通に手続きを踏んで解消すればいいだけだもの）

ナゼルバート様は一人、毅然《きぜん》とした態度で王女殿下に向き合う。

「これまで私は、王女殿下の王配として生きるべく様々な教育を受けました。全く教育を受けていないロビン殿に代わりが務まるのですか？」

「これから勉強すれば問題ありませんわ。それにね、わたくしのお腹《なか》の中には、すでに彼の子が宿っていますの。わたくしとロビンとの婚約は確定事項なのです」

パーティー会場に衝撃が走る。

（ええっ！　王女殿下は婚約発表前に他の男性と関係を持ったの？）

その場にいた全員が絶句した。ナゼルバート様も同様だ。

「つまり、あなたは未来の王の父親を害そうとしたの。衛兵、この犯罪者をパーティー会場から追い出しなさい！」

王女殿下はめちゃくちゃなことを言い出した。

「待ってください殿下、私は無実です。証拠もないのに一方的な断罪は認められません。しかるべき場所で改めて真偽を調べるべきかと」

ナゼルバート様は正論で王女殿下を説得しようと試みた。

（そうよね、ゴロツキの証言があったと王女殿下が言うだけでは説得力に欠けるわよね）

けれど、王女殿下は顔を真っ赤に染めて叫ぶ。

「うるさい、うるさい！　いつもいつも淡々と正論ばかり吐いて、本当に人間味のない男ですわね！　ああ憎たらしい、わたくしに刃向かうなんて許せませんわ！」

強引に呼ばれた衛兵が、ナゼルバート様を突き飛ばす。

「……うっ！」

そうして、彼が尻餅をついた場所は偶然にも私のすぐ傍《そば》だった。とっさに受け身を取ったものの、固い床に転がったせいで全身が痛そうだ。

しかし、誰もナゼルバート様を助けようとしない。

場の空気に呑《の》まれてしまったことや、王女殿下の怒りを買うのを恐れているのだ。

（明らかに、悪いのは王女殿下とロビン様なのに……見ていられないわ）

彼はただ一人、私に親切に接してくれた人。だから、このまま遠巻きに断罪を眺めるだけで過ごすのは嫌だった。

（どうせ私は芋くさ令嬢。これ以上悪評が増えたってたいして変わらない）

まっすぐ顔を上げた私は、そっと彼に歩み寄り手を伸ばした。

「あの、大丈夫ですか。立てますか？」

美しい切れ長の目が見開かれ、琥珀色の瞳がこちらに向けられる。

（びっくりされているわ。やっぱり芋くさ令嬢に声をかけられるのは嫌だった？）

おののきながら倒れたナゼルバート様が起き上がるのを助け、肩を貸して彼のふらつく体を支える。

「ありがとう、もう大丈夫だよ」

耳元で小さく囁《ささや》く美声が聞こえ、私は慌ててナゼルバート様から距離を取る。

（いつまでも芋くさ令嬢と一緒にいては、名誉に関わるものね。身のほどはわきまえているわ）

その場を早く離れようとすると、意地の悪い笑みを浮かべた王女殿下と目が合った。

「ちょっと、お待ちになって」

王女殿下の命令に逆らうことはできない。私は小さく体を丸め、彼女の指示に従う。

「型遅れのドレスに、濃すぎるお化粧。あなたが噂の芋くさ令嬢、アニエス・エバンテールね」

「…………はい」

何を言われるのかと警戒しつつ、私は王女殿下の方を向いた。

彼女の意向に反したせいで恨みを買ったというよりは、何か別の意図があるように思える。

「ちょうどいいわ。ナゼルバートへの罰を言い渡しましょう」

「罰……？」

「彼への処分は辺境への追放、そして醜い芋くさ令嬢との結婚よ！　アハハ！」

王女殿下はナゼルバート様や私に向けて衝撃の言葉を放った。

（け、けけけけ結婚？　私と……？）

会場が一気にざわつき、皆が好奇の目でこちらを凝視してくる。噂好きの貴族たちも、また会話に興じ始めた。

『まあ、なんて酷い。芋くさ令嬢と結婚なんて、いい笑いものですわ』

『いくらなんでもナゼルバート様が気の毒だ。結婚生活もお先真っ暗じゃないか』

そっとナゼルバート様を観察するけれど……彼の表情からは何も読み取れなかった。

（というか――私との結婚って、そこまでの罰ゲームですか）

これには、さすがにかなり凹《へこ》む。

とはいえ、王女様に面と向かって楯突《たてつ》くことなどできず、ナゼルバート様に申し訳なく思いながらも、私は黙ってその場をやり過ごした。

きっと、国王陛下がなんとかしてくれるはずだと信じて。

❷ 芋くさ令嬢、勘当される

「この恥さらしがぁっ！」

王都の屋敷に帰ると同時に、父の拳が頬へ飛んできた。

避けきれなかった私は、またしても勢いよく飛ばされて壁に全身を打ち付ける。

（うう、痛い……口の中が切れた……）

母も助けてくれるどころか、父の言葉に同意して私を責め立てた。

「アニエス、わたくし、言ったわよね!? ブリー子爵家の息子を選べって！ なのに、どうして王女殿下に無礼を働いた罪人と結婚することになってしまったの!? みっともない！」

文句を言うなら、最初から私を一人にしなければいいのにと思ったけれど、ここで喋《しゃべ》るとまた父の拳が飛んできそうなので押し黙る。

「勘弁してくださいよ。姉上とは違い、僕はこれからのエバンテール家を背負わねばならない立場なのに。これ以上恥の上塗りをしないでいただけます？」

いつの間にか弟までやって来て、私に嫌味を言う始末。離れた場所では侍女や使用人も眉を顰《ひそ》めて私を見ていた。味方はどこにもいない。

勢いづいた父がさらに私を追い詰める。

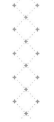

「あんな場面でしゃしゃり出るからだ！　衆人の前で結婚を命令されて……もう、どの家もお前を嫁になどとは望まない」

（だったら、あの場で助けてよ！）

あとになって文句を言われても困るだけだ。というか、もともと、どの家も私を嫁にしようなどと考えてはいない。情報に疎い両親は今日初めて知ったのかもしれないが、エバンテール家の「芋くさ令嬢」は、社交界で馬鹿にされる存在なのだ。

（娘が周りにどう思われているか、欠片《かけら》も興味がないのね）

父も母もあれこれ理想を押しつけてくるけれど、いつも現場で恥をかくのは私だけ。

悲しいくらい両親の目は、古くさい慣習や自分たちの利益にだけ向けられている。

（娘に文句をぶつけても、何も変わらないのに）

頭の中で反論していると、最後に父が衝撃の言葉を放った。

「アニエス、お前をエバンテール家から勘当する！　今すぐに屋敷を出て行け!!」

「そ、そんな……」

あまりの出来事に、それ以上言葉を発せない。

パーティーから帰ってきて、今はもう深夜と言っていい時間帯。しかも、私はドレス姿のままだ。

家を出るとなると荷物などそれなりに準備がいるし、今後の生活も考えなければならない。

「お父様、少し待ってください。せめて、着替えと準備だけでも」

そして、できればその間に、頭を冷やして勘当を取り下げてほしい。

けれど、私の期待は見事に裏切られた。

「うるさい、お前など娘ではない！　さっさと出て行け！」

真っ赤な顔の父は、私の腕を摑《つか》んで無理やり屋敷の外へ引きずり出す。強く摑まれたせいで、腕が抜けそうだ。

「嘘《うそ》でしょう？　痛い、痛いわ！」

引きずられたせいでドレスが土で汚れたが、父はお構いなしだ。

聞く耳を持たず、彼はそのまま外にいた門番に私を引き渡した。

「こいつを、外へつまみ出せ！」

屋敷を守る門番たちは急に私を託され、どうしていいのかわからず困惑している。

（そうよね、扱いに困るわよね？　私、一応ここの令嬢だし）

しかし、父は相変わらず不機嫌な顔で怒鳴り続けた。

「お前たち、さっさとせんか！　クビにするぞ!!」

父の発した一言で、彼らは慌てて私を連れ出そうと動き始める。私には門番に抵抗できるほどの腕力はなく、彼らに抱えられたまま門の外へ移動していく。

あっけなく外に放り出された私は、勢い余って地面に両手をついた。

「ああっ……！」

無情にも、目の前で重い鉄の門が閉められる。もはや、中へ入るのは不可能だった。

仮に再び門が開いても、兵士たちが私を敷地内へ入れないだろう。

こういったときの父は頑固で厳しいので、屋敷の前で粘っても無駄に違いない。彼は本気だ。

（どうしよう、手ぶらで追い出されちゃった。ドレスのままだし、親戚の家を回ろうにも皆領地にいるし、うちの家族と同じ考えだから追い出されそうね）

途方に暮れた私は重いドレスを引きずりながら、やたらとヒールの高い祖母の靴で夜の街を歩いた。靴擦れのせいか両足が痛むし、父に殴られた頬も腫れている。

（それにしても、誰も外を出歩いていないわね）

気温がどんどん下がり、むき出しの腕が急激に冷たくなっていく。

（うう、寒い。どうしよう）

正直言って、王都の地理なんてわからない。

別邸に行く機会は何度かあったものの、エバンテール家の方針で、私は王都を探検したことがなかった。

せっかく都会へ来たのだから王都を出歩こう、なんて考えをエバンテール家の者たちは持っておらず、全員が全員、そんな浮かれた真似《まね》をしてはみっともないと言う。

私自身も古くさい格好で街を歩いては浮いてしまうと思い、外出する勇気を持てなかった。

都会の子はお洒落《しゃれ》だし、気後れしていた部分もある。

（王都には仲のいい知り合いすらいないのよね。領地にもいないけど）

友達ゼロ、知り合いゼロ、優しい親戚ゼロ……醜聞の的となった私を受け入れてくれる人など皆無。お先真っ暗だ。

「本当に、これから、どうすればいいの？」

月明かりの下で街を彷徨《さまよ》い、気づけば王都の中心にあると思われる大きな広場に出ていた。来た道さえもあやふやだ。

（今は人通りがないけれど、朝になれば増えるはず。前に王都の治安は悪くないって誰かが言っていたし、明るくなってから頼れる人を探そう）

噴水の縁に腰掛けて眠りについた静かな街の空を眺めると、金色の星に銀色の月だけが、どうしようもない身の上の私を見守ってくれているような気がした。

（しかし、寒いわね）

見上げた夜空に白い吐息が吸い込まれるように消えていく。こみ上げる漠然とした不安をやり過ごし、私は朝が来るのを待つことにした。

なんとか暖まろうと両手で腕をさすると、カツカツと誰かが石畳を歩く音が響いた。

（ん？　誰かしら？）

振り向くと、暗がりの中に美しい人が立っている。月明かりのおかげで、かろうじて相手が誰だか判別できた。

（どうして、夜の街にこの方が？）

見間違いかと思ったが、衣装の高貴さから、ご本人で間違いないと確信する。

「……ナゼルバート様？」

恐る恐る問いかけてみると、その人は柔らかい微笑《ほほえ》みを浮かべつつ頷《うなず》いた。

「やあ、捜したよ。アニエス嬢」

「え？　私をですか？」

「もちろん。あれから、すぐにエバンテール家の馬車を追ったんだ。アニエス嬢をこのようなことに巻き込んでしまったから、謝罪をしなければと思って。そうしたら、君はすでに勘当されたあとで、屋敷を出て行ったと言われた。だから、街の中を捜していたんだ。見つけやすい場所にいてくれて助かったよ」

私は慌てて噴水の縁から立ち上がり、失礼のないよう彼の方へ向かう。

「お気遣いいただきありがとうございます。でも、私はもう屋敷には戻れないんです」

勘当されて侯爵令嬢ではなくなったので、ナゼルバート様に話しかけられるような人間ですらないのだ。

「それなら大丈夫、うちの屋敷へ来てもらうから。こんな時間に女の子が身一つで放り出されるなんて、あってはならないよ。外は冷えるから一緒に行こう」

そう言って、ナゼルバート様は私に手を差し出す。

（どうしましょう、パーティーのときから薄々感じていたけれど、ナゼルバート様って……すごくいい人じゃないかしら？）

何をするにもスマートだから、そこに感情が介在するのかわかりにくい人だとは思う。でも、私を安心させるように微笑んでくれているのはきっと彼の優しさだ。

「家を勘当されて平民となった人間が、公爵家へお邪魔してもよいのでしょうか」

「もとはといえば、こちらのせいだから気にしないで。俺も近々、辺境に追い出される可能性があるけれど、それまでは公爵家の離れに滞在すればいい。君の生活には責任を持つよ」

公の場では「私」だったナゼルバート様の一人称は「俺」なのか……などと、関係のないことを考えていると、急に彼は改まった口調で告げた。

「婚約破棄に君を巻き込んでしまってすまなかった。全て俺の至らなさが招いた事態だ」

「何をおっしゃるのですか。どう考えても、婚約者がいるのに他の男性との子供を作ってしまう人の方が問題がありますよ。王女殿下が怖くて誰も何も言いませんけど、心の中では皆そう思っているはずです」

正直な感情を吐き出すと、ナゼルバート様はパシパシと長い睫毛《まつげ》に縁取られた目を瞬かせ、不思議そうに私を観察し始める。

「君は俺を恨まないのかい？　『王女の婚約者を傷つけた罪人』との結婚を命じられたせいで、家を追い出されたのに」

「デマを真に受けてあなたを恨んだりしません。今回のことは、もらい事故のようなものではありますけど、ナゼルバート様を責める気はないんです。むしろ、謂《いわ》れのない罪を着せられ、芋くさ令嬢との結婚を命じられたあなたには同情すら覚えます」

「芋……？」

ナゼルバート様はキョトンとした顔で私を見つめた。その反応を目にした私は、とある可能性に思い至る。

「もしかして、私の噂《うわさ》をご存じない？」

「ごめんね。仕事が忙しくて、しばらくは社交の場から遠ざかっていたから」

だからこそ彼は、周りを気にせず初対面の私に親切にしてくれたのかもしれない。

（結婚を命じられた以上、余計なもめ事を避けるためにも、彼に私の噂を知らせておいた方がいいわよね）

素早く判断した私は「芋くさ令嬢」について、ナゼルバート様に事実を説明した。

「……というわけで、私は社交界の笑いものなんです。だから、王女殿下も私との結婚を罰だと口にされたのですよ」

「酷《ひど》い話だね」

「ですよね〜。芋くさ令嬢と結婚だなんて。罰ゲームにしても酷すぎます」

すると、ナゼルバート様は口を引き結び、厳しい表情で首を横に振った。

「違う。俺が酷いと言っているのは、そのように相手を見下してこき下ろすことだよ」

「えっ？」

私は驚いて彼を見上げる。「芋くさ」と嗤《わら》われ続けて早数年、そんな反応をもらったのは初めてだった。

しかし、戸惑う私を意に介さず、彼は紳士的に手を差し出す。

「行こう。薄着で長居するのはよくない」

「あ、はい」

祖母のドレスは今風のものに比べると布面積が多いし生地は厚いけれど、肩がむき出しなのはたしかに辛《つら》い。

ナゼルバート様と手を繋《つな》ぎながら、馬車のある場所まで夜の街を歩いて行く。

高いヒールで移動を続けたから、靴擦れで足が痛い。

祖母の靴はやはり微妙にサイズが合っておらず、痛みに耐えながら進んでいると、ふとナゼルバート様が歩みを止めた。

「アニエス嬢、足が痛いのかい？」

「すみません、歩くのが遅かったですか？　大丈夫です、まだ進めますから」

「それは大丈夫とは言わないよ。君を責めているわけじゃないけど……ちょっと失礼するね」

そう告げると、ナゼルバート様は私をひょいと抱え上げた。

「ひゃあっ?」

「馬車まですぐだから、少しだけ我慢して」

我慢もなにも、お姫様抱っこをされるなんて生まれて初めての経験だ。

しかも、相手は公爵家の貴公子、ナゼルバート様ときた。

(ものすごく恥ずかしいけれど、貴族令嬢にとっては、きっと夢のようなシチュエーションよね)

考えている間に、私たちは馬車の前に到着した。

公爵家の馬車はすごく綺麗《きれい》で、シンプルだけれどしっかりとした作りだった。一目で、お金がかけられていることがわかる。

私はクッションのきいた上質な椅子の上に降ろされ、向かい側にナゼルバート様が腰掛けた。

ほどなくして馬車が動き出し、静かな夜の街に蹄《ひづめ》の音が鳴り響く。

緊張で固まっていると、ナゼルバート様がまた優しげに告げた。

「ここには俺しかいない。アニエス嬢、くつろいでもらって構わないよ。それで……」

もの言いたげな彼は、心配そうに馬車の床……いや、私の足を見つめている。

「怪我《けが》をしたなら、靴を脱いだ方がいいと思うのだけれど」

「いいえ、その……」

私は靴を脱ぐのをためらった。

昔、この国では女性が男性に足を見せるのはマナー違反だとされていた。現在はそんな決まりはないし、肌を露出している女性も多いけれど、エバンテール家に限っては別。

私は幼い頃より、「異性の前で靴を脱ぐなんて、とんでもない恥知らずのする行動だ」という教育を受けてきた。

頭では、そこまで気にしなくていいと理解している。しかし、いざ行動に移そうとすると、どうしても家族の言葉が頭の中を駆け巡り、靴を脱げなくなってしまうのだ。

（わかっているわ。ナゼルバート様は私の足に興味なんかなくて、ただ心配しているだけ）

ついに覚悟した私は、邪魔なドレスをまくって「えいやっ！」と靴を脱いだ。すると、皮がむけて血まみれになった足が現れる。

「あ～……やっぱり血が出ちゃいましたね」

落ち着いた私の声とは裏腹に、前に座るナゼルバート様は端整な顔を顰《しか》めて焦っている。

「酷い靴擦れだ。屋敷へ戻ったらすぐ手当てしよう」

「そんな、大げさな」

放っておいても治るので、エバンテール家では放置されていた。毎日パーティーがあるわけでもないので、なんとかなるのだ。

「その靴は、君の足に合っていないのでは？」

「実はそうなんです、祖母の靴は私の足には少し小さくて。我慢すればギリギリ入るのでパーティーではこれを履けと言われますし、自分の靴は持っていないので従うしかないんです」

「エバンテール侯爵家は、それほどまでに貧しいの？」

「いいえ、両親が古いものに執着しているのです。最新の品は形が気に入らないらしくて」

「そういえば、エバンテール家はこだわりの強い一族と聞いたような」

話している途中で馬車が止まり、御者が公爵家に着いたことを知らせる。

ナゼルバート様は御者に「靴はあとで届けて」と告げ、裸足《はだし》の私を横抱きにして馬車を降りた。

「あの、さすがに裸足で公爵家にお邪魔するなんて、失礼な真似はできません！」

私の神経は、そこまで図太くない。今も気を抜けば意識を飛ばしてしまいそうなほど心が張り詰めている。

「大丈夫、これから向かうのは離れだから。誰にも会わないから楽にして」

「そう言われましても」

お姫様抱っこは心臓に悪いし、重いドレスのせいで彼の腕にも負担をかけているだろう。

（申し訳ないわ）

公爵家の庭は綺麗に手入れされており、私の背より高い薔薇《ばら》の生け垣が連なっている。

（入ったら最後、絶対に迷子になるわね）

そんなことを考えていると、一棟の素朴な建物の前に到着した。

ぬくもりの感じられる木造の新しい建物で、庶民の家より大きいが屋敷と言うには小さい、アトリエのような雰囲気だった。

結局、ガチガチに緊張している間に、私は公爵家の離れへ運ばれてしまう。

「離れに着いたよ。しばらくは、ここで生活するといい」

いそいそと私を抱えて建物へ入るナゼルバート様の足取りは、家へ帰ってきた安心感からか軽い。

（使用人がいないわね。夜とはいえ、公爵令息の出迎えがないなんて……どうしたのかしら）

初めての場所におののく私は、キョロキョロと周りを確認する。

「心配しないで、アニエス嬢。ここでは、リラックスして過ごしてくれていいから」

上着を脱いだナゼルバート様は、城で会ったときのような隙のない姿ではなく、いくらか砕けた雰囲気を醸し出していた。

（お上品なのは変わらないわね。さすが、王女殿下の婚約者だった方だわ）

木の壁に囲まれた室内は新しく、お洒落な調度品も今風。格式張っておらず、どこかほっこりできる空間だ。

手前の広い部屋に入ったナゼルバート様は、お高そうなキルトのカバーがかけられたソファーの上に私をそっと降ろすと、自分は近くに跪《ひざまず》いて足を手当てしてくれる。

公爵令息を跪かせてしまうなんて、恐れ多い。

「改めて自己紹介するね。俺はフロレスクルス公爵家の次男、ナゼルバート」

「エバンテール侯爵家の長女、アニエス・エバンテールです。このたびは、行き場のない私を助け

てくださり、ありがとうございました」

「君が家から追い出されたのは俺が原因だ。俺に世話を焼かれるのは嫌かもしれないけれど、保護くらいはさせてほしい」

「そんなことはありません。感謝しています！」

あのままでは、朝が来る前に凍えて体調を崩したに違いない。路頭に迷っていたところを、ナゼルバート様が見つけ出してくれて本当に助かった。

（正直、公爵家の彼が私を気にかけるなんて、思わなかったけれど）

手当てを終えたナゼルバート様は、痛ましげに私の足を眺める。

「今日はゆっくり休んで。客室は二階だから案内するよ」

「すみません、お部屋まで用意していただいて」

「辺境に飛ばされるかもしれないから短い間だけれど、仲良く過ごそう。俺は下の階にいるから、何かあれば声をかけて」

「はい……ん？」

ふと我に返った私は、今の状況を思い出し首をひねった。

「あの、ナゼルバート様も離れで一緒に暮らすんですか？」

「そうだよ。罪人扱いされている身だから、本邸には入れないんだ。今、両親が国王に罪の軽減を掛け合っている最中で、数日後には沙汰が下りる」

「そうなんですね」

国王陛下や王妃殿下は、冷静な判断をしてくれると思うけれど……どんな沙汰が下りようと、頭の固い父は私が屋敷に戻るのを許さないだろう。

（これからの生活を考えなきゃ）

どんよりと、自分の将来を憂いていると、ナゼルバート様がすまなそうに言った。

「アニエス嬢。もしかすると、君は俺と一緒に辺境行きになってしまうかもしれない」

「王女殿下が『追放』とか、おっしゃっていましたものね」

私の言葉にナゼルバート様は真摯に頷く。婚約祝いパーティーでの無茶苦茶な決定は、まだ覆されていないようだ。

「辺境はとても田舎なんだ。そして魔獣がたくさん出る」

魔獣とは魔力を持った獣のことで、この国では魔力のない動物を獣、魔力を持つ動物を魔獣と呼んで区別している。危険度は魔獣の方が高い。

「エバンテール侯爵領も田舎なので、辺境にも負けていないと思いますよ」

暢気《のんき》な答えが気になったのか、ナゼルバート様は心配した様子で私の肩に両手を置く。

「婚約破棄に巻き込まれたせいで、君まで追放されそうなんだよ？　俺を責めないの？」

「責めませんよ。家を追い出されたときはショックでしたが、もともと修道院へ行きたいと思っていたので、そこまで気にはならないですね」

ナゼルバート様は呆気《あっけ》にとられた表情を浮かべている。

「修道院？　どうしてまた、そんな場所に？」

「驚きますよね……なんというか、人生に疲れてしまったんです」

「その歳《とし》で？　疲れるも何も、君はまだ十七歳だったような？」

こんなのでも結婚を言い渡された相手なので、あのあとナゼルバート様は私について調べた模様。

「……エバンテール家は、とても厳しいところです」

「社交界でも有名な話だな、変わった規則が多いと聞く」

曽祖父の時代のルールを、時代に合わせて改変せずに守り続けているだけの家だが、逸脱した行動が許されないので、そういう意味では厳格な家だととらえられているようだ。

「両親は私に『早く婚約者を捕まえるように』と命じ、私は玉砕覚悟で脈のない相手に突撃させられていました。誰も私なんかと結婚したがるわけがないのに」

異性に近づくたびに酷い扱いを受けることに、もう心が耐えきれなかった。

「そんなことは……ないかと」

ナゼルバート様が、なんともいえない表情を浮かべている。しかし、優しい言葉に夢を見られる時期はとうにすぎてしまった。

家でも外でも罵られる日々にうんざりしていたのは事実で、今回の件でも行き先が修道院ではなく辺境になるだけだと思っている。それに……。

「むしろ、先ほどもお伝えしたように、私の方がナゼルバート様に申し訳ないと思っています。どう考えても、私はあなたに相応《ふさわ》しくないですから」

身分も力も美しさも王女殿下には遠く及ばず、罰として与えられる不名誉な令嬢だ。

「婚約破棄でナゼルバート様は傷ついていらっしゃるでしょうけれど、陛下がなんとかしてくださいますよ。王女殿下だって後悔なさるはず。あなたは素敵な男性ですもの」

ミーア王女殿下が妊娠しているので事態は難しくなっている。それでも、ナゼルバート様に落ち込まないでほしくて私は彼を励ました。

あの場にいたロビン様より、ナゼルバート様の方がよほど親切で紳士的だ。

（今は道ならぬ恋に燃えている王女殿下も、すぐに彼のよさに気づくはず）

けれど、ナゼルバート様は、どこか困ったような微笑みを浮かべていた。

「誤解があるようだけれど、俺はミーア殿下が好きなわけではないよ？　婚約は幼いときに定められたものであり、それを義務だと重んじて行動してきただけ。将来女王となる彼女を支えるため、この国のため、長年厳しい教育に耐えてきたんだ」

「そうでしたか。だと言うのに……」

自由奔放なミーア王女殿下は、男爵家の庶子の子供を宿してしまった。婚約者としてやりきれないだろうということは想像にかたくない。

しかも、ナゼルバート様は、大勢の前であらぬ罪を被《かぶ》せられてしまったのだ。

（気の毒すぎるでしょ、これは！）

続ける言葉が思い浮かばず、気まずくなった私は目を泳がせた。

（私にはわかる。一緒に過ごした時間は短いけれど、彼がそんなことをする人間とは思えない）

不自然な点が多々あるし、ナゼルバート様がロビン様に危害を加えるメリットがない。

王女殿下を愛していないナゼルバート様が嫉妬するのも変な話だし。彼の言うとおり、いじめをする時間はなかったのではないだろうか。

いずれにせよ、きちんと調査がされれば無実が証明できる。

「ナゼルバート様、私はパーティーのとき、困っていた私に唯一手を差し伸べてくださったあなたを信じています。なんの得にもならない『芋くさ令嬢』を助けてくださる人が、あんな罪を犯すはずがありません。階段から突き落としたり、衣服を破いたりするなんて……子供でもそんなくだらないことはしないわ」

あの場では王女殿下が怖くて言い出せなかっただけで、普通に考えれば他の貴族もナゼルバート様の無実がわかっているに違いない。

「……アニエス嬢」

感極まった様子で名前を呼ぶナゼルバート様がそっと両手を伸ばし、私の指を遠慮がちにきゅっと摑んだ。まだ冷たい私の肌がじんわり温度を宿し始める。

「何があろうと、俺は巻き込まれてしまった君を守ると誓うよ」

責任を感じなくてもいいのにと思いつつ、私は頷いて返事をした。

「どうもありがとうございます」

こんな風に親切にされた経験がないので、反応に困る。

ひとまずナゼルバート様の提案を受け入れ、用意された二階の部屋に向かった。

異性と同じ建物で暮らす心配はしていない。「芋くさ令嬢」相手に、間違いなど起きようはずがないので安心して熟睡できる。

階段を上ると、壁際に綺麗なメイドさんが一人立っていた。

(同い歳か、少し歳上かな?)

栗《くり》色のまっすぐな髪を一つに結んだ、キリリとした美人で無表情な女性だ。ちょっと怖い。

私が緊張したのを感じたのか、メイドさんを見たナゼルバート様が私を安心させるように微笑んだ。

「アニエス嬢の世話は彼女に頼んである。信頼できる人物だから大丈夫だよ」

メイドさんが恭しく頭を下げたので、私も慌ててお辞儀する。

その様子を確認し、ナゼルバート様はどこか満足した様子で声を上げた。

「それでは、おやすみ。アニエス嬢」

「お、おやすみなさいませ。ナゼルバート様」

ぎこちなく挨拶すると、ナゼルバート様は端整な顔をふわりと緩めて階段を下りていった。

（ナゼルバート様は、いちいち仕草が格好いいんだよね。ドキドキしちゃった）

彼を見送った私は、メイドさんに向き直って挨拶する。

「アニエス・エバンテールです。しばらくお世話になります」

無表情のメイドさんも礼儀正しく応えてくれた。

「フロレスクルス公爵家の離れを担当しているメイド頭、ケリーと申します」

「よろしくお願いします、ケリーさん」

呼ぶと、メイドさんは不思議そうに瞬《まばた》きして答えた。

「アニエス様、私のことは呼び捨てにしてくださいませ。お外は冷えたでしょう？　バスタブにお湯を用意してありますから、お入りください」

「何から何まで、どうもありがとうございます」

彼女は「芋くさ令嬢」である私にわりと好意的だと思える。

ケリーさん改め、ケリーは整った顔立ちの上に表情も少ないので素っ気なく見えるが、私を見下すようなそぶりは一切見せなかった。

ナゼルバート様の指示かもしれないけれど、温かいお風呂まで用意してくれている。

「親切すぎて、感動だわ」

今までの私は、同年代の女性に優しくされた記憶がない。

エバンテール侯爵家に従順なメイドは、堅苦しい伝統にいちいち文句を言う私を「できの悪い令嬢だ」と馬鹿にしていたし、屋敷の外では誰も彼もが私を「醜い芋くさ令嬢だ」と言って蔑んだ。

家訓に反抗できず、場違いな格好で外に出るからだとわかってはいるが、今風の常識的な装いを手に入れることは、親に逆らえない私にとってひどく困難だった。

「こちらがアニエス様のお部屋ですよ。どうぞ」

「は、はい」

ケリーが木の扉を開けると、手入れの行き届いた上品な部屋が現れた。

派手さや可愛《かわい》さはないけれど、一目で高級品とわかる美しい家具に、落ち着いた水色の布がかかったソファーやテーブル。

同じく水色と白の組み合わせのベッドカバーには、綺麗な小花模様が刺繍《ししゅう》されていた。花瓶には淡いピンク色の花が、これでもかというくらい差し込まれている。

「わあ、素敵なお部屋」

重苦しい色の巨大家具に制圧された、我がエバンテール侯爵家の自室とは雲泥の差だ。

というのも、私の部屋には先祖代々の婚礼簞笥《だんす》が集結していたからである。

この国では、かつて花嫁が家具一式を持って嫁入りする風習があった。婚礼簞笥もその一つだ。

そして、エバンテール家は古い風習を今も実行している。

両親が主張するように、もの自体は素晴らしい。丁寧に作られた質のよい高級簞笥だ。

しかし、しかしだ……！

何代にもわたって家に運び込まれた箪笥の総数は、おおよそ三十個に到達しようとしていた。一人嫁いでくるたびに、三個くらい箪笥がセットでやってくる。中には、一人で五、六個の箪笥を持ってくる祖母のような花嫁もいた。

丈夫な箪笥は壊れることもなく数を増やしていき、そのうちの十個が私のベッドを囲むように置かれている。もし、地震が起きれば一発でアウトだろう。

（それがどうでしょう！　フロレスクルス公爵家の、このスッキリした部屋は！）

息の詰まるような閉塞感はなく、今は暗いが広い窓からは外の景色がよく見えそうだ。

キョロキョロしていると、ケリーが入り口とは別のドアを開けて言った。

「アニエス様、まずは浴室へ行きましょう」

「あ、はい」

「お化粧も落としましょうね」

私にあてがわれた客室は洗面所や浴室へも繋がっていた。

「こちらです」

足を踏み入れた浴室は、とてもいい匂いがした。ラベンダーと林檎《りんご》の混じり合ったような、甘くて優しい香りだ。金色の猫脚のバスタブからは、ボリュームのある泡がはみ出ている。

腕まくりをしたケリーは、手際よく私の服を脱がせてバスタブの中へ入るように促すと、黙々と私の体を洗い出した。ゴシゴシと荒々しく体をこする実家のメイドたちとは違い、その手つきは丁寧の一言に尽きる。

「あら……」

ケリーは私の腕や足を見て僅かに顔を顰めた。

（足は靴擦れが酷いからかしら。腕は……鞭《むち》打たれた痕が残っているからかも）

エバンテール家の家庭教師は、幼い私に容赦なく鞭を振るった。両親もそれを止めず、むしろできの悪い娘への体罰を推奨していた節がある。そうしてつけられた傷は今も消えない。

「アニエス様、怪我は痛くありませんか？」

「平気です。腕の傷は治っているし、足の怪我も慣れているので」

「そう、ですか」

続いて、ケリーは丁寧に私の厚化粧を拭ってくれる。

実家のメイドはゴシゴシ乱暴に私の顔をこするが、ケリーの手つきはどこまでも優しい。

そこでも、彼女は手を止めてまじまじと私を見る。

「あらまあ……」

またもや手を止めたケリーは、今度は私の頬に手を伸ばす。

「こちらの怪我も、しみませんか？」

触れられた頬は、父に殴られ腫れ上がった箇所だ。

厚塗りの化粧で誤魔化していたが、素顔になった今は目立つのだろう。殴られ慣れているので、今まで気にしたことはなかった。

「少し痛いですが、そのうち腫れも引くと思います」

「お部屋に戻ったら、すぐ手当てをしましょう」

最後にお湯で泡を落としてもらった私は体を拭かれ、ふわふわのバスローブ姿になった。

「わあ、柔らかくて軽い」

私の感想を聞いたケリーが「え？　普通のバスローブですよ」と、首を傾《かし》げる。

（違うの、我が家のバスローブはカチカチで、ものすごく重いの）

浴室を出て柔らかな椅子に腰掛けると、ケリーはすかさず薬を持ってきて私の傷を手当てし、ココアまで用意してくれる。

「ありがとうございます」

打撲の痕をきちんと手当てされたのは初めてだし、ココアなんて外出したときくらいしか口にする機会はなかった。清貧を良しとする我が家では、甘いものは贅沢《ぜいたく》品だと禁止されていたから。風呂とココアのおかげで、私の体はすっかり温まる。

楽観視できない状況に追い込まれてはいるけれど、今の私は幸せな気分だった。

歯を磨いて寝る準備をし、天蓋つきの柔らかなベッドに腰掛けると、やっと落ち着いた心地がする。

そんな私を見て、ケリーが口元に笑みを浮かべた。彼女は表情が豊かではないけれど、微笑んでいる。

くれているのだとわかる。

少しの間かもしれないけれど、仲良くやっていけそうでホッとした。

「アニエス様、それではごゆっくりお休みください」

「はい、おやすみなさい」

明かりが落とされ、ケリーが部屋を出て行ったので、私はモソモソとベッドの中央で横になった。

「……ベッド、大きすぎじゃない？」

三人くらい余裕で寝られそうなほど広い。離れとはいえ、さすがは公爵家だ。

寝心地のよい寝具に包まれた私は、いつの間にか穏やかな夢の世界へと旅立っていった。

※

翌朝、スッキリ目覚めた私のもとへ、隙のない装いのケリーがやって来た。

「おはようございます、アニエス様。本日は身支度を調えて、ナゼルバート様とご一緒に朝食を召し上がっていただきます」

彼女は予定を話しながら、器用に私の世話を焼いて服を着替えさせる。

用意された服を見て、私は目を輝かせた。

「ケリー、この可愛らしい服は一体……？」

「こちらのお洋服はアニエス様のために急遽《きゅうきょ》取り寄せた品です。急ぎでしたので既製品なのですが、きちんとした質のものを揃《そろ》えました」

「えっ、こんなに可愛い服を、わざわざ用意してくれたの!?　ここは、天国ですか……!?」

思わず本音が出てしまった。

(今まで着たことがないくらい可愛いし、羽のように軽いわ！)

これは、興奮せずにはいられない。

(エバンテール家のおかしな基準で選ばれた服とはぜんぜん着心地が違う)

既製品かどうかなんてどうでもいい。

ソワソワと鏡の前を行ったり来たりしていると、ケリーに注意されてしまった。

「アニエス様、まだ傷の手当てが終わっていません。薬を塗り直さないと。腫れはだいぶ引きましたが、痕が残っています」

「一月ほどで薄くなると思います」

「……なるほど」

ケリーはもの言いたげな表情をしていたけれど、素早く手当てを完了してドレッサーの前へ私を誘導する。そして髪をセットし、慣れた手つきで化粧を施し始めた。

「頬の怪我を隠せるよう、善処しますね」

今までの無表情が嘘のように、ケリーはキラリと目を輝かせ、気合いの入った顔つきになる。

私の顔に化粧を塗りながら鏡を見た彼女は、満足そうに何度も頷いた。

「ふむ、思ったとおり。素材は素晴らしい……！　傷に影響しないよう配慮が必要ですが、これは腕が鳴りますね。白粉《おしろい》は適量で、瞼《まぶた》も肌に馴染《なじ》みがいい色に。口紅はピンクブラウンなどいかがでしょう？　野暮ったい赤すぎるチークは却下、薄く仕上げて……」

早口で何事かを呟《つぶや》きながらケリーが手を動かすと、みるみるうちに私の顔がよい方向に変わっていった。

「わあ、別人みたいだわ」

完成した自分の顔を見た私は感動で声を震わせる。

鏡の向こうには、芋くさ令嬢とは似ても似つかない可愛らしい女性が映り込んでいた。

（今までの私と言えば真っ白な顔面に、真っ青な瞼、真っ赤な頬と唇。きつくコテを当てた竜巻みたいな髪型が目印だったけれど）

それが、どうだろう。

緩くふんわり波打つ淡い銀髪に、派手すぎない化粧に、今風のお洒落なブラウンの服。

靴だって余裕のある大きさで、底は平らで滑りにくく歩きやすい。

後ろでは、満足そうに口の端をつり上げるケリーが頷いている。

「やはり、私の目に狂いはなかった。早く、ナゼルバート様に見ていただかなくては」

ケリーに急《せ》かされた私は部屋を出て、いそいそとダイニングへ向かう。

ナゼルバート様はすでに起きていて、完璧な出《い》で立《た》ちで椅子に座っていた。

真っ赤な髪もしっかりセットされており、隙のない美しさで朝からまぶしい。

「おはようございます、ナゼルバート様」

挨拶をすると、彼は琥珀《こはく》色の目を大きく見開いて私を見た。

「おはよう、アニエス嬢。ずいぶん雰囲気が変わったね」

「ケリーに着替えさせてもらったんです。お化粧も、上手にしてもらって」

「いい……すごく君に合っている。綺麗だ」

優しいナゼルバート様は、しっかりと私を褒めてくれた。

社交辞令にしても、綺麗だなんて言われたことがなかったので嬉《うれ》しい。

「ありがとうございます。ケリーのおかげです」

嬉しくて、自然と笑顔になってしまう。

壁際に控えているケリーはまたしても無表情だけれど、どこか誇らしげに見えた。

「ケリーはミーア殿下の衣装係だったから、洗練されたセンスの持ち主なんだ。それから、昨日は化粧でわからなかったけれど、君の本来の姿が素敵なんだろうね」

「め、めめめ滅相もないです。それより、ケリーが王女殿下の衣装係だったというのは？」

「彼女は卓越したセンスを買われ、メイドにもかかわらず王女の衣装の手配を一部任されていたんだ」

（そんな優秀な人が、なんで私なんぞを着飾っているの!?　恐れ多すぎます！）

慌てふためく私の疑問は、ナゼルバート様の次の言葉で解決する。

「しかし、ミーア殿下が駄々をこねたせいで、ケリーはクビになった」

「ええっ？　クビって……」

「王族の衣装係ともなると、普通の貴族以上に形式に沿った模範的な服装を用意する必要がある。ケリーたちも意識して、時と場所に応じた衣装を提案していたのだけれど、ミーア殿下がそれに納得しないんだ。式典の服をもっと派手にしたいとか、背中と胸元の大きく開いたセクシーな服が着たいとか、かなりの無茶振りだったようで……」

「それはさすがに駄目でしょうね」

「要望が受け入れられなかったミーア殿下が衣装係に文句を言い、一番身分の低かったケリーが責任を取らされる形で職を辞した。それで、偶然現場を目撃してしまった俺が、彼女を雇うことに決めたんだ」

パーティーでの衣装を見た限り、それ以降は誰も進言しなくなったのだろう。

王女のドレスはとても大胆なものだったので。

（やっぱり、ナゼルバート様は優しい人ね）

優秀なケリーが路頭に迷わずに済んでよかった。

王女殿下は度々暴走しては使用人をクビにしているらしく、私が考えている以上に我儘《わがまま》な人みたいだった。今後もお近づきにならない方がいいだろう。

「ところでアニエス嬢、近いうちに王宮から昨日の件で沙汰があると思うのだけれど……内容によっては、君が不利益を被るかもしれない。俺のせいで、本当に申し訳ない。できる限り、君が困らないように手配するつもりだ」

「謝らないでください」

「そういうわけにはいかない。俺の行動が君の人生を変えてしまったのだから」

そこまで自分を責めることはないのに、ナゼルバート様は生真面目な人だ。

とはいえ、私は十分よくしてもらったので、これ以上彼に面倒をかける気はない。

「でしたら、今身につけている服と靴をいただけませんか？　私は自分の衣装というものを持っていなくて、いつも祖母や曽祖母のお下がりだったので。あとは自分でなんとかやっていきます」

「いや、それは駄目だ……」

「やっぱり、服を強請《ねだ》るのはがめついですか？　すみません、調子に乗りました」

「そうじゃなくて……」

困惑顔のナゼルバート様が、小さくため息を吐《つ》いている。

既製品とはいえ、公爵家で出されるような衣装だ。かなりお高いのかもしれない。

「とにかく、アニエス嬢が平穏な生活を送れるよう、向こうに掛け合ってみるから。エバンテール侯爵家にも、君を受け入れるようにと連絡してある」

「ありがとうございます」

頑固なエバンテール一族が、一度告げた内容を撤回するとは思えないけれど、とりあえず私は素直に頷いた。

※

離れの一階にある書斎で、ナゼルバートは夜中に一人物思いにふけっていた。

（どうしてこんなことになってしまったのか）

ありえない失態を突きつけられ、今さらながらに自分の実力不足を悔やむ。

「事前に俺が王女殿下を止められていれば」

忙しくて手が回らなかったとはいえ、気づかなかったのは全てナゼルバートの落ち度だ。

（他の男との間に子供ができていようとは）

完全に予想外の出来事で、パーティー会場では情けない姿をさらしてしまった。

フロレスクルス公爵家の次男であるナゼルバートは、幼い頃から優秀だと言われ育ってきた。

自分でも周りの期待に添えるように努力してきたつもりだ。

しかし、高位貴族ゆえに制約も多く、その最たるものが王女との婚約だった。

十歳のときに決まった婚約者のミーア王女は、信じられないくらい我が儘かつ高慢な少女で、王族の自覚はないに等しかった。

初対面の際には、びっくりするような言葉を投げかけられたのを覚えている。

「ふぅん、これがわたくしの婚約者なのね。まあ、顔だけは及第点だわ」

開口一番に放たれた酷い言葉に、幼いナゼルバートは絶句したものだ。

傲慢な性格の王女は好きになれそうになかったが、これは王命による婚約。

自分の思いは割り切って、王族の伴侶として相応しくあろうと、厳しい王配教育をこなしてきた。

王宮の一室に詰め込まれ、朝から晩まで教養をたたき込まれ、騎士団に交じって剣術や馬術の訓練を受け、ときには辺境や他国にも行かされた。

全部、将来国を支えていくために必要なことだと信じていた。

国王には第一王子がいるが、体が弱くほぼ寝たきりなのだ。

第二王子は母親が平民で後ろ盾が皆無なので、声の大きな王妃の実子であるミーア王女を次の王に推す流れができている。第二王子自身も王妃と争う構えは見せていない。

ミーア王女は仲良しの取り巻きたちと遊び呆《ほう》けては、熱心に王配教育に励むナゼルバートを馬鹿にしてからかっていた。いつまで経《た》っても次期女王の自覚はゼロのまま。

次期女王が頼りなくとも自分がしっかりしていれば、国を傾けなければそれでいいと、ナゼルバートはますます真面目に勉強するようになり、王女と顔を合わせる機会は減っていった。周囲の人間は淡々と勉強や仕事をこなすナゼルバートを「人間味がない」などと遠巻きにすることもあったが、くだらない意見に構っている暇もない。

おそらく、その隙に男爵家のロビンが動き、王女との絆《きずな》を深めていたのだろう。

気づけば、手遅れになっていた。

(俺が、甘かった。しかし、あの我が儘王女を相手に、どうするのが正解だったのか)

ミーア王女の破天荒さを甘く見積もりすぎていたのは完全に自分の落ち度。奔放だけれど最後の一線だけは踏み越えないと、根拠もなく彼女を信じていた。

(もともと、俺には荷が重すぎる話だった)

アニエスは「陛下がなんとかしてくれる」と言っていたが、望みは薄いように思える。

すでにロビンの子を妊娠しているという王女の発言を、パーティー会場にいた全員が耳にしている。彼女は子供を産むつもりで、そこにナゼルバートの居場所はない。

ナゼルバート自身も、義務の婚約だからと何もかもを我慢してきたが、ああまでされて今さらミーア王女の結婚相手に収まりたくはなかった。

むしろ、肩の荷が下りてどこかホッとしている自分がいる。

(王配失格だな)

ただ、無関係のアニエスを巻き込んでしまったことだけが気がかりだった。

噂は知らなかったが、エバンテール侯爵家の長女アニエスは、社交界で「芋くさ令嬢」と揶揄《やゆ》される野暮ったい娘だと若い貴族の間で有名らしい。

初めて見た彼女は重苦しいドレス姿で、数世代前の絵画でしか目にしたことのない髪型や濃い化粧をしていた。

重量のあるドレスを引きずって歩く姿は気の毒で、テーブルに裾を引っかけていたところをつい助けてしまった。近くにいた貴族が彼女を嘲笑《あざわら》うだけで、ぜんぜん手を貸さないからだ。

しかし、見かねて声をかけたのがいけなかった。

義理堅いアニエスは、兵士に張り飛ばされたナゼルバートを庇《かば》い、ミーア王女に目をつけられる。

そのせいでナゼルバートと結婚するよう、衆人の前で命令されてしまった。

(罪人との婚約など、令嬢にとっては不名誉極まりないことなのに)

あんなことを言われれば、今後は結婚相手だって見つからないだろう。

アニエスの将来がナゼルバートのせいで絶たれたことを心配し、彼女のもとへ向かうと、アニエスはすでに実家からも勘当されたあとだった。

年若い箱入りの令嬢にとってはあまりにも酷な仕打ちで、アニエスの気持ちを考えると気の毒でたまらなくなる。

すぐにアニエスの捜索を開始し、なんとか彼女を保護することができたのは奇跡だ。

しかし、そんな目に遭ってもなお、アニエスはナゼルバートを責めず「気にしていない」などと告げ、自分と結婚させられる方が申し訳ないと言い出した。

（あんな状態にもかかわらず、自分よりも相手のことを思いやれるなんて）

アニエスを見ていると、なぜだか胸が苦しいような、大事に守ってやりたいような不思議な感覚にとらわれる。ナゼルバートにとって、こんな経験は初めてだった。

アニエスは自分を「芋くさ令嬢」だと卑下しているが、厚い化粧を取った顔は十七歳の美しい少女のものだ。見た目も性格もいいのだから、もっと自分に自信を持ってほしい。

ナゼルバートは信頼の置けるメイドのケリーに彼女を任せた。

ケリーは婚約破棄騒動で離れに移った自分に唯一ついてきたメイドだ。辺境へ行くかもしれない次男に味方したところで、公爵家の使用人としての旨《うま》みはないのに。

「とりあえず、国王の沙汰を待たなければ動きようがないな」

今回の件でフロレスクルス公爵家の意見は真っ二つに分かれた。父や長兄はナゼルバートを「不《ふ》甲斐《がい》ない」と責め、母や弟はナゼルバートを庇い、不誠実な王家に腹を立てていた。

だから、ナゼルバートは、けじめとして自ら離れに居を移したのだ。

アニエスのことは正直想定外だったが、部屋は余っているので可能な範囲で保護するつもりでいる。十七歳の令嬢をたった一人夜の王都に放り出したりはできない。

アニエス自身は修道院へ行く気満々のようだが、自分のせいで彼女をそんな場所に追いやりたくなかった。

王族や貴族の寄付で成り立っている修道院には、政略結婚のために一時的に預けられた、未婚の貴族の子女もいる。

その中へ醜聞にまみれたアニエスが行けば、どんな扱いをされるかわかったものではない。修道院は王家の意向に大きく左右されるのだから。

真っ赤な髪をかき上げながら、ナゼルバートは大きなため息を吐いた。

そこへ、アニエスの世話を終えたメイドのケリーが戻ってくる。

彼女には、昨日からアニエスを見てもらっていた。

ナゼルバートの前では気丈に振る舞っているアニエスだが、無理をしているのではないかと心配してのことだ。

「ナゼルバート様、アニエス様は本日も無事お休みになりました」

ケリーは毎日アニエスの様子をナゼルバートに報告してくれることになっている。

「ありがとう。彼女の様子はどうだった？」

「きっと不安でしょうに、意外なほど落ち着いていらっしゃいます。私などにも丁寧に接してくださる、心優しいご令嬢です」

やはり、アニエスは思いやりに溢《あふ》れる心の持ち主らしい。

「それと、少し気になることが。お化粧を取ったアニエス様のお顔に内出血の痕がありました。離れへ来られた際は化粧で隠していらっしゃいましたので気づきませんでしたし、本日は様子を見ようと白粉を調整して隠しましたが、夜になっても痣《あざ》は消えず……」

「足以外にも怪我をしていたの？」

「お顔だけではありません。こちらは少し時間が経ったものですが、手首に鞭の痕もありました。もちろん、ナゼルバート様が手当てされた靴擦れも酷かったです。普段から窮屈な靴を履き続けていた弊害か、アニエス様の足の親指はゆがんでいます。何度も靴擦れを起こしているのか皮膚も変色して……」

「他に、外傷は？」

「きついコルセットが必須の古めかしい衣装を着こなしていらしたので、肋骨《ろっこつ》の変形も心配でしたが、こちらは異常はないかと思われます。しかし、今のような生活を続けていれば、いずれは体に害を及ぼすでしょう」

ケリーは普段の彼女からは想像できないくらい饒舌《じょうぜつ》だ。それほどエバンテール家に対して怒りを覚えているのだろう。

「アニエス嬢の服と靴に関しては虐待じみているね。今朝のアニエス嬢が、やたらとドレスや靴に興味を示していたのはそういう理由だったのか」

ナゼルバートはアニエスの境遇を憐《あわ》れんで、思わず顔を覆った。

社交界では、「一世紀前の価値観で動いている」などと揶揄されるエバンテール家だが、問題行動は起こしたことがなく、「不器用だが真面目で実直な領地経営」が信頼されている貴族だった。

しかし、思ったより闇を抱えた家なのかもしれない。

「アニエス嬢の顔の怪我についても、原因を調べた方がいいな」

「はい、頬に二カ所ほど大きな痣がありましたので、どこかにぶつけたと言うには、不自然な気がします」

「その件は調査しよう。勘当を解くようエバンテール家を説得し、彼女を家へ帰すのは、考え直すべきかもしれない」

「私も同じ意見です、ナゼルバート様」

王城での仕事をクビになった経緯や魔法の特性から、誰に対しても素っ気ないケリーだが、アニエスのことは気に入っているように思える。おそらく、彼女に裏表がないからだろう。

「ケリー、明日もアニエス嬢の世話を頼めるかな」

「もちろんでございます。ナゼルバート様も、そろそろお休みくださいませ」

夜も更けてきたので、素直にケリーの言葉に従う。廊下に出てアニエスのいる階上を見上げたナゼルバートは、疲れた足取りで自分の寝室へ移動した。

国王からどのような沙汰が下ろうとも、ナゼルバートはアニエスを守ろうと決めている。

ただ、自分自身のことに関して正直に言えば、もう全てを投げ出したい気分だった。

※

翌日も、私はフロレスクルス公爵家のおいしい朝食をいただき、離れの書斎にある本を自由に読んでいいと言われて機嫌良くダイニングをあとにする。

ここでの生活は夢のようだけれど、居候の身なのでナゼルバート様の邪魔にならないよう大人しくしているつもりだ。

ケリーに案内された公爵家の離れの書斎には、魔法に関する本がたくさんあった。

ナゼルバート様は常人より魔力が多く、魔法に関して研究を惜しまない努力家だという。ここには彼が長年勉強してきた痕跡が残っていた。

(こんなにも頑張っていたのに……今のナゼルバート様の境遇が気の毒すぎるわ)

簡単な本を数冊読み終えた私は、部屋に戻ることにした。

外を散歩するのもいいけれど、公爵家の誰かと鉢合わせたら気まずい。

保護された日から過ごしている部屋のある二階へ向かおうと扉を開けると、客室から大きな声が聞こえてきた。

(男性の声だけれど、ナゼルバート様ではないわね。誰かしら?)

引きよせられるように声が聞こえる方向へ進むと、客室の扉が開いていた。

いけないこととは思いつつ、気になった私はこっそりと部屋へ近づき、バレないように気配を殺して耳を澄ませる。

すると、はっきりした会話の内容が耳に飛び込んできた。

「だからっ！　僕は王家のやり方には反対なんだ！　このままでは兄上が気の毒すぎる!!」

「俺は大丈夫だから。王家からの正式な沙汰もまだなんだ」

「だからといって楽観視はできないだろ！　このままじゃ、兄上は芋くさ令嬢と結婚して辺境行きじゃないか！　なんで、誰よりも頑張っていた兄上がこんな目に……」

私は息を呑《の》み、さらに扉へと近づく。

会話の内容から察するに、中にいるのはナゼルバート様と彼の弟君で間違いない。

ナゼルバート様の弟君は兄の味方のようなので、彼が私のように家庭内で孤立していないとわかりホッとする。

「芋くさ令嬢と夫婦になるなんて、社交界のいい笑いものだ！　兄上とあんな女は釣り合わない！」

（……ですよねー）

ショックだけれど、その点に関しては私も完全同意だ。あまりにいろいろと違いすぎる。

地位も外見も能力も私は全てにおいて駄目駄目で、まったくナゼルバート様にとって利益のない結婚相手だった。

「芋くさ令嬢は今、離れにいるんだろ？　変な噂が立つ前にさっさと追い出すべきだ！」

（ナゼルバート様の弟君の言葉が、正論すぎる！）

盗み聞きなどするものではない。落ち込んだ私は早く部屋に戻ろうときびすを返した。

しかし、同時に部屋の中からナゼルバート様の声が響く。

「彼女を侮辱することは許さない。それから、俺はアニエス嬢を追い出すつもりもないよ」

毅然《きぜん》とした言葉で、ナゼルバート様は彼の弟君に告げる。

「なんでだよ、あんな女を置いたって兄上が不利益を被るだけだ。醜い勘違い女など、今すぐ僕がたたき出してやる！」

「待て、ジュリアン！」

（弟君の名前はジュリアン様というのね）

暢気にそんなことを考えていると、扉が開いて何かが勢いよくぶつかってきた。

「へぶぅっ！」

思いきり吹っ飛ばされた私は、そのまま床をコロコロと転がり壁に激突する。

近づく複数の足音と、「アニエス嬢!!」と叫ぶ、悲痛なナゼルバート様の声が聞こえたけれど
……

（もう駄目。視界がクラクラ、足下フラフラ）

私の意識はフェードアウトしていき、最後にゴンと壁に頭を打ち付けたところで完全に途絶えたのだった。

ふと肌寒さを感じた私が重い瞼を開けると、目の前には豪華なベッドの天蓋があった。

レースのカーテンの向こうに夜の色が映り、少し開いた窓から風が吹き込んで来る。

(起きなきゃ)

先ほどの出来事を思い出した私は、モゾモゾと上体を起こした。

頭が痛くて手で触ると、後頭部に大きなたんこぶができている。

(廊下で気を失って、二階の部屋まで誰かに運ばれたのね)

立ち上がりベッドの外に出ると、いつになく焦った様子のケリーが飛んできた。

「アニエス様！　大丈夫ですか？」

「もう平気です。ご心配をおかけしました」

いつも無表情に見えるけれど、ケリーはとても優しい女性だ。

「ナゼルバート様も、大変心配していらっしゃいました。ここへアニエス様を運ばれたあと、珍しく取り乱していらっしゃいましたから」

「え、そうなんですか？　大変！　迷惑かけちゃった！」

謝らなければと、私は急いで彼のいる一階へ向かう。

すると、客室ではなくダイニングの方に、ナゼルバート様と、見知らぬ赤髪の少年が座っていた。

気絶をしたせいで顔が確認できなかったけれど、彼がジュリアン様かなと思う。

私に気づいたナゼルバート様は勢いよく椅子から立ち上がり、こちらに駆け寄った。

「アニエス嬢、具合は大丈夫かい？　無理しないで」

「もう平気です。ナゼルバート様、このたびはお騒がせしてすみませんでした。あと、運んでくださってありがとうございます」

「待って、君が謝る必要なんてない。悪いのは、前を確認せずに部屋を飛び出したジュリアンなんだから」

ナゼルバート様に睨《にら》まれたジュリアン様は、おずおずと私を見て言った。

「その、すまなかった……というか、詐欺だろ。お前、本当に芋くさ令嬢なのか？」

質問してきたジュリアン様に向かって、ナゼルバート様は無言で机の上に置かれていた分厚い冊子をぶん投げる。冊子は見事ジュリアン様の顔面にヒットし、彼は椅子から落下した。

（今、ゴンッてすごい音がしたけど大丈夫かしら？　それに、穏やかなナゼルバート様が、冊子を投げたわ……）

にもかかわらず、ジュリアン様は平然とした顔で起き上がっているし、ナゼルバート様も普通だ。

「アニエス嬢、不肖の弟がごめんね。ちゃんとしつけ直すよ」

「あの、私のことはお気になさらず。それより、ジュリアン様は大丈夫ですか？」

「弟なら頑丈だから大丈夫。彼の魔法は『衝撃緩和』なんだ」

「な、なるほど」

戸惑っていると素早く立ち上がったジュリアン様が、私の方へ歩いてくる。

「はじめまして。僕はフロレスクルス公爵家の三男、ジュリアンだ」

「私はアニエス・エバンテールです、勘当されましたけど。ナゼルバート様には、大変お世話になっております」

「事情は兄上から聞いた。我が家の問題に巻き込んでしまって申し訳ない」

「いいえ、こちらこそごめんなさい。ナゼルバート様と私の結婚命令で、フロレスクルス家は迷惑していますよね」

「そ、それは……」

目を泳がせるジュリアン様だけれど、気絶前に彼の本音は聞いている。

事実、そのとおりだと私も思った。

しかし、キッパリと私の言葉を否定したのは、傍らに立つナゼルバート様だった。

「俺は、迷惑だなんて感じていないよ」

「……えっ？」

「アニエス嬢、とりあえず座ろうか。寝込んでいた令嬢を立たせっぱなしにするわけにはいかない。それに君が眠っている間に王宮から使者が来たから、陛下の沙汰に関して話がしたい」

「わかりました。王宮からの使者は意外と早かったのですね」

促されるまま椅子に座った私の前に、ジュリアン様が床から拾った冊子を置いた。

「これは王家の使者がもってきた書類で、王女の行いや兄上のえん罪、ロビンの行動などが細かに書かれている。あちらでも調べたようだ。そして表に公表される作り話も、兄上とあなたの処遇も載っている」

「分厚いですね」

嫌な予感がして戸惑う私に、今度はナゼルバート様が話しかける。

「アニエス嬢、その書類は厚すぎるから、俺が内容をかいつまんで説明するね」

「ありがとうございます。よろしくお願いします」

言うと、彼は冊子のページをめくりつつ、口を開いた。

「まず、陛下は俺のえん罪を認めた。ミーア殿下の素行の悪さやロビン殿が彼女を何度も誘惑していたことに対して、目撃者が複数人いたらしい。俺がロビン殿を襲ったと証言した者たちは、彼や王女殿下に金を渡され演技していた」

「では、王女殿下とロビン様が共犯で、ナゼルバート様は無実だと決まったのですね！」

しかし、それにしてはナゼルバート様は嬉しくなさそうで、淡々と話を続ける。

「王女殿下はすでにロビン殿の子を妊娠していて、その話を多くの貴族が耳にしている。これは、もう隠し立てできない事実だ」

「たしかに、子供のことはどうしようもないですよね」

今さらナゼルバート様が王女殿下の伴侶に戻るのは難しいのだろう。

「だから、表に公表する情報は『王女は国のために聖なる力を宿した特別な人間――ロビン殿の子供を産むことにした』という内容に決まった。王家の意向という形にするらしい」

「どうしてですか!?」

嫌な話ではあるが、真実と表向きの話が違うのは、この国ではよくあることだった。

それにしても、人を雇って犯罪めいたことをしたロビン様や王女殿下が見逃されるなんておかしい。

「もちろん王族の醜聞を隠すためだよ。俺の罪は表ではうやむやにされる。ただ、今の状態で王女の伴侶に収まるならば、晴れて無罪だと言われた」

「ナゼルバート様を形ばかりの夫にするということですか？」

「その上でロビン殿を愛人として迎え入れるんだって。彼とミーア殿下の子供が男だったら、その子が次の王だ」

「そんな話、ふざけています！」

デズニム国の王族は、どこまでナゼルバート様を傷つければ気が済むのだろう。

「俺もそう思うから断った。というわけで、俺の辺境送りは変わらないよ。国王陛下も最初から、俺がこの話を受けるとは期待していなかったようだし、無理やり結婚させても上手《うま》くいかないと踏んだのだろうね」

「国王陛下さえも、今後の国のことより醜聞隠しを選んだのですか」

「どうだろうね。陛下と王妃殿下の間で意見が割れているみたいだよ。というのも、さっそくロビン殿が城でいろいろと問題を起こしているみたいだから。陛下は第二王子殿下に王位を譲ることも検討しているんじゃないかな」

「病弱な第一王子殿下は政務ができる状態ではないので、次点は第二王子殿下ということですね」

もともと、ナゼルバート様と結婚するのを条件に、王女殿下は次期女王になることを認められていたという。王女殿下はまったく政治の勉強をしておらず、このままでは国の将来が危ぶまれるレベルだからだ。

「一連の騒動により多くの貴族たちが動き出している。ミーア殿下と第二王子殿下のどちらに付くかと」

「普通は陛下の意見に従いますよね？　陛下は今のところ、ミーア殿下を王にする予定なのでしょう？」

「陛下も複雑なんだ。現王妃殿下は俺の伯母で、うちの国の、もう一つの公爵家から嫁いできた祖母の血も引いている。二つの公爵家の当主が王妃殿下の味方だから」

この国にはナゼルバート様のいるフロレスクルス公爵家、そしてもう一つのアダムスゴメス公爵家という二つの大貴族が存在する。今の王妃殿下はフロレスクルス家の出身で、もう一つのアダムスゴメス公爵家の血も引いていた。

ナゼルバート様が王配候補だったのも、公爵家の力によるところが大きい。

「俺の父を含めた公爵家の者は、ミーア殿下の子供を好きなように動かしたがっている。俺は彼らの意見に反対だった。たとえ血の繋がりがあっても、一国の王を傀儡《かいらい》にするなんて」

もしかすると、公爵家の人たちはナゼルバート様よりロビン様の方が御しやすいと思ったのかもしれない。

(だから何も言わないのかも)

それにしても酷い沙汰だった。

(王妃殿下の要望や王女殿下の我が儘、両公爵家の思惑など諸々《もろもろ》のせいで、ナゼルバート様一人が全ての不利益を被らなければならないなんて)

早くも表向きの情報を流すため、王宮が動き出しているという。罪がうやむやにされれば、彼が悪者だと勘違いする人も出てくるだろう。

憤慨する私を見て、ナゼルバート様は困ったように微笑む。

「もう、決まったことだよ。俺が近くにいると真実が露呈するリスクが上がるから、彼らにとって都合が悪いんだ。だから、辺境へ行ってほしいと思ってる」

「なんて自分勝手なの」

だからといって私に何かできるわけではないが、理不尽すぎる。

どうして、こんなにも優しく努力家な彼が人生をゆがめられ、辺境へ行かなければならないのか。

「俺はいい、それよりアニエス嬢のことだ。書類の続きには、俺が王女殿下との結婚を拒んだ場合、当初の予定通りアニエス嬢と結婚し、スートレナ辺境伯として辺境を治めることと書かれている」

指定された辺境というのは国の端にあるスートレナ領という場所だった。

数年前に領主が亡くなり、今は王都から派遣された人が上に立っている。

魔獣の被害がとにかく多く、人手不足でなかなか大変な場所のようだ。

優秀なナゼルバート様が行けば、きっと辺境の助けになるけれど、罪人という噂もあるので警戒されるかもしれない。行けば、苦労する可能性があった。

考え込む私の様子を見つつ、ナゼルバート様が話を続ける。

「俺は当初、エバンテール家を説得してアニエス嬢を帰す予定だった。けれど、今はそれがいいのかわからなくなってきている。アニエス嬢は顔を怪我しているね？」

「はい、痣は薄くなってきましたが、ご存じだったのですね」

ナゼルバート様は琥珀色の目を閉じ、静かに頷いた。

「大丈夫ですよ、いつも一ヶ月もすれば消えますから」

「……いつも？」

ぱっと目を開いた彼は、問いただすように私の方へ身を乗り出す。

「ええと、私のできが悪いので、父には日常的に殴られるんです」

「……エバンテール家へ帰す件はなしだ」

ぶつぶつ言って悩み始めたナゼルバート様。横顔も格好いい。

「あの、ナゼルバート様。私は修道院へ行こうと思います」

予《あらかじ》め決めていた行き先を告げるが、彼は大きく首を横に振り、間髪を容《い》れず修道院を却下する。

「反対だ。今の君が行っても、不名誉な噂のせいで針の筵《むしろ》になる」

「平和そうな施設なのに？」

「修道院は国からの補助金で成り立っている。だから国の意向が大きく反映されるんだ。国に理不尽に扱われている君が行っても、邪険にされるだけだろう」

「そんな……」

当てにしていた行き先候補が期待できないとわかり、私はガクリとうなだれた。

(家には帰りたくないし、修道院にも行けないとなると、あとは……)

めげずに顔を上げ、ナゼルバート様の美しい横顔を眺める。

「なら、私も辺境へついて行きます。ナゼルバート様がお嫌でなければ」

「辺境では、どんな生活が待っているのかわからないよ？」

「そうであっても、辺境行きが一番いいと思えるんです」

このまま公爵家に居座れれば一番だけれど、ナゼルバート様が出て行くのなら確実に無理だろう。

いきなり市井に出て働く自信もない。

ナゼルバート様と結婚という部分がネックだけれど、彼が望まないのなら偽装結婚も全然ありだと思う。冷遇されなそうだし。

（子供については、彼が好きになった相手に産んでもらえばいいわ。私は出しゃばりませんとも！）

芋くさ令嬢の私が、ひとときだけでもナゼルバート様の妻になれるなんて光栄なことだ。

「本当に、いいの？」

「もちろん、ナゼルバート様さえよろしければ……あ、でも、芋くさ令嬢と結婚なんて嫌ですよね。なので、偽装結婚で構いません。陛下の命令で結婚は避けられませんが、気になる女性が現れたら教えてください、潔く身を引きますので」

ナゼルバート様は私を拾ってくれた恩人だから、彼の困ることは絶対にしたくない。

「王女殿下より格段に劣る相手で申し訳ないです」

「いや、ミーア殿下と結婚するよりアニエス嬢の方が……」

ごにょごにょと、小声で何かを言い始めたナゼルバート様。でも、ちょっと聞こえない。

（まあいいか）

話していると、傍《そば》にいたジュリアン様が机を叩《たた》いて立ち上がった。

「兄上、僕も一緒に行こう。父上たちの考えは間違っている」

私が同行したいと言ったからだろうか。ジュリアン様も真剣な声で辺境行きを訴え始める。

だが、ナゼルバート様は「駄目だ」と却下した。

「ジュリアンにはこの家を守ってもらいたい」

唇を噛《か》んだジュリアン様は、困った様子で黙り込んだ。

「俺はもう、フロレスクルス公爵家にいられない。ジュリアン、母上を頼む」

悔しそうな表情のジュリアン様は、不満がありそうだけれど、黙って兄の言葉に頷く。

「ジュリアン、父上や兄上の様子を見てきてくれないか。あちらにも、書類の件は伝わっているはずだから」

「……わかった」

弟が部屋を出て行ったのを確認したナゼルバート様は、今度は私の方を向いて跪き、両手を包むように握り込んで言った。

「それでは、アニエス嬢」

「はい、なんでしょう？」

「俺と結婚してほしい」

「……っ!!」

すさまじい破壊力を持つ言葉に、一瞬思考が停止した。

ややおいて内容を理解した私は、まじまじとナゼルバート様を見つめて叫ぶ。

「プロポーズ？　今のはプロポーズですかっ!?」

動転する私の言葉に頷き、ナゼルバート様は真剣な表情で気持ちを紡ぐ。

「そうだよ。アニエス嬢、俺と結婚して一緒に辺境へ来て」

ジュリアン様を外へ出して人払いをしたのも、このためだったのだろう。

「偽装結婚ですね。もちろん、どこまでもご一緒します」

応えれば、ナゼルバート様は不服そうな顔をした。

「違うよ。偽装結婚なんてしたら、解消後に困るのは女性側だ。今度こそ、君の行く場所がなくなってしまう。アニエス嬢が後ろ指を差されるようなことはしたくないんだ。君さえ嫌でなければ、きちんと結婚しよう」

「ナゼルバート様……いい人すぎませんか？」

「アニエス嬢、俺のプロポーズには応えてくれる？」

「はい！　でも、ナゼルバート様は本当に後悔しませんか!?　私は王女殿下の足下にも及ばない芋くさ令嬢ですよ!?」

「後悔なんてするわけがない。ミーア殿下ではなく君と結婚できて、俺はホッとしているくらいだよ」

続けて、ナゼルバート様は私の手の甲に口づける。

「命令された結婚だけれど、俺はそういうのにかかわらず、アニエス嬢を大切にしたい。辺境では正直言って君に苦労をかけてしまうかもしれないけれど」

「どんと来いです」

許容量を超えて沸騰する頭で、私は彼のプロポーズに応えた。

（こんな素敵な人と結婚だなんて、鼻血が出そう）

ほんのりと、ナゼルバート様が嬉しそうに見えたけれど、たぶん気のせいだ。思い上がってはいけない。

しどろもどろになる私に向け、ナゼルバート様は柔らかいけれど、押しの強い笑みを浮かべた。

「これからよろしくね、アニエス嬢」

「こちらこそ。ふつつか者ですが、よろしくおねがいすましゅ」

緊張のあまり噛んでしまい、めちゃくちゃ恥ずかしい。

気にした様子のないナゼルバート様は、どこか満足げな表情で私の手を離す。

こうして、私とナゼルバート様との結婚は無事に確定したのだった。

※

結婚をすることになったナゼルバートとアニエスの様子を、メイドのケリーは静かに見守っていた。

（ナゼルバート様、よかったですね）

ケリーは、自分の主《あるじ》がアニエスに並々ならぬ感情を抱き始めていることに気づいていた。

王女の婚約者だった頃にはなかった変化は、義務にとらわれた彼をいい意味で人間らしく変えている。今のナゼルバートを見て「人間味がない」などという者はいないだろう。

ケリーは王都の郊外に住む平民の大家族の長女だった。兄や姉はおらず下にいるのは弟ばかり。魔法の力が少し特殊なことを除けば、どこにでもいる普通の少女だった。

十歳をすぎた頃、ケリーは弟たちを養うための戦力として王都へ働きに出ようと決意する。

同情する大人もいたし両親には止められたが、家事や子守に追われて自分の時間すら持てない、あの地獄のような実家から出られて実はホッとしていたのだ。

それに、ケリーは両親が自分を心配しているわけではないと知っていた。

彼らは母親代わりを任せられる長女を手放したくなかっただけ。口ではなんとでも言えるが、本心は楽をしたいのだ。

両親はケリーを第二の母親に仕立て、礼儀のなっていない暴力的な弟たちの世話をさせていた。

家出同然の強引な手段を用いてケリーの働き先が決定したときも、母はあからさまに落胆していたし、ケリーを責めた。

でも、それはお門違いというもの。

両親は世話の大変さも覚悟の上で、子供をたくさん持つという選択をした。自分で決めた結果ならば、大量の家事や育児に文句は言えまい。

けれど、ケリーは違う。

たまたま、そういう家の長女に産まれてしまっただけ。生まれた順番や性別で、幼いうちから強制的に母親の役目を与えられただけだ。

そこから逃げ出して何が悪い。

これを機に、甘えて暴れるしか能のない弟たちに家事を仕込めばいい。

同じ子守をするにしても、相手をする人数が少なく、賃金がもらえる仕事の方がよいに決まっている。

自分でも思いきった決断だとは理解していた。

普通の子供なら、そこで家を出たりはしないかもしれないが、ケリーは自分の魔法の力に後押しされたこともあり、迷いなく旅立った。


家に戻りたくないケリーは、王都へ来て必死に働いた。

子守からスタートした出稼ぎだったが、結果を出して仕事範囲が増えたのをきっかけに、そこからさらに上へ進むことができた。

実家では弟ばかりに囲まれていたからか、ケリーは女の子の世話をするのが好きだ。

王都に出て来てからは、純粋に流行やお洒落が楽しいと思ったし、仕事先の少女たちを可愛く着飾り喜んでもらえたとき、嬉しいと思えるようになっていた。

これが、自分の天職ではないかと感じるほどに。

しかし、第二の母親をなくして困り果てた両親は、幾度となくケリーの仕事を妨害し、実家へ連れ戻そうとした。仕事先に迷惑をかけることも一度や二度ではなく、ケリーは追い詰められていった。

そんな状況でもなぜ無事に働き続けられたかというと、偶然仕事先で出会った、とある人物がケリーを助けてくれたからだ。その人の依頼で王宮へ上がり、身分の高い女性の世話を任されるようになった。

さらに、ケリーのセンスのよさを見た王女に引き抜かれ、彼女の衣装係の一端を担うまでになったのだ。

だが、諸々の事件があり、ナゼルバートに助けられ、現在は彼の妻であるアニエスの世話を任されている。

アニエスは、今まで世話をしてきたどの令嬢とも違っていたが、ケリーには彼女が好ましく映っていた。

（ここまで綺麗な好意を向けられるのは、ナゼルバート様以来ですね）

ケリーの魔法は自分に対する相手の心を大雑把に覗《のぞ》くもので、具体的には相手の好意や悪意、嘘や真実がうっすらと判定できる。

しかし、自分に対する悪意を見たときのショックは大きい。目にしたときに冷静でいられるよう心がけた結果、いつの頃からかケリーは淡々とした態度で日々を過ごすようになった。

両親の言葉は嘘にまみれていたし、王女や同僚の態度からは平民に対する侮蔑が漂っていた。

けれど、ナゼルバートとアニエスから感じたのは、純粋な好意のみ。

それに、なんといっても、アニエスは着飾り甲斐《がい》がある。今までは芋くさ令嬢として埋もれていたが、磨けば磨くほど輝く原石だ。

だから、無理を押してでも、二人と一緒に辺境へ行こうと決めたのだ。ケリーの中の一番は彼らなので。

(辺境での暮らしも思ったほど悪くはなさそうですね。どこまでもお供します)

アニエスとナゼルバートのやりとりを目にしたケリーは、知らず口元を緩めていた。

(夫婦円満の協力は惜しみませんよ)

新天地での暮らしは過酷な面もあるだろうけれど、ケリーはどんなことがあっても彼らの笑顔を守ろうと決めていた。

❸ 芋くさ令嬢、辺境へ行く

辺境ストートレナ領の役人、ヘンリー・ビルケットは、しかめっ面で部下の話に耳を傾けていた。

青みがかった黒髪をかき上げて眼鏡を押し上げ、分厚い報告書の山に目を通す。

前領主が亡くなり、王都からヘンリーが派遣されて三年が経過したが、依然としてストートレナの魔獣の数は減らない。人手も足りない……。

黙々と働き続けるヘンリーに向かって、報告を持ってきた部下のコニーが心配そうに声をかける。

濃い茶色のくせ毛にそばかすの散った小麦色の肌を持つ彼は、少々ガラの悪い十七歳の下っ端役人だ。

「ヘンリー様、少し休まれてはどうですか？　顔色がよくないっすよ」

「問題ない。それより報告を」

青白い肌を持つヘンリーは、周りから「不健康だ」とか「働き過ぎだ」などと言われることが多いが、彼の外見は生まれついてのもの。自称健康な三十代で、辺境での暮らしも苦ではなかった。

むしろ、陰謀渦巻く王都より自分に合っていると感じている。

ただ、この地での仕事は寝る間もないほど忙しい。自分の代わりを務められる者がいないからだ。

しかし、その状態も改善の兆しが見え始めていた。

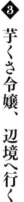

以前から散々催促していた、自分と同程度の責任者の増員が許可されたのだ……と思っていたが、コニーの報告を聞いて希望が潰《つい》えた。

「そういうわけでヘンリー様、人手不足だからなんとかしろと王都側に掛け合ったら、罪人公爵令息と芋くさ令嬢の夫婦を寄越《よこ》されることになりました。王都の連中も酷《ひど》いですよね、なんの嫌がらせだよ」

「コニー、報告は用件だけでいい」

「だってさぁ、酷すぎません？　ここは罪人ゴミ捨て場じゃないっすよ」

「来るものは仕方がないだろう。我々には彼らを送り返す権限などないのだ」

辺境には、王都での出来事が少し遅れて伝わってくる。

噂《うわさ》によると、その公爵令息は、王女の婚約を祝うパーティーで過去の悪事が明らかになり、婚約破棄されたらしい。罰として社交界でキワモノ扱いされている、醜いと評判の芋くさ令嬢を押しつけられたそうだ。彼が辺境へ来るということは、その芋くさ令嬢も一緒だろう。

コニーの愚痴はさらに続く。

「あーあ、どうせ来るなら美女がよかったなあ。芋くさ令嬢って、かなりやばい外見らしいですよ」

「コニー。女性に向けて、そんなことを言うものではない」

「芋くさ令嬢は真っ白な顔面に真っ青な瞼《まぶた》、真っ赤な頬と唇って噂っす。令嬢としてというか、もはや人間として怖すぎでしょ？　ただでさえ魔獣だらけの土地に芋くさ令嬢という新たな魔獣が増えるなんて……絶望しかない」

「芋ではなくアニエス・エバンテール元侯爵令嬢だ」

コニーはどうしようもない部分もあるが、魔獣退治の腕だけはたしかで、ヘンリーは彼を重宝している。彼の魔法が攻撃に向いていることもあり、このスートレナ領では頼れる存在だった。

「とにかく、王都から派遣された彼らを迎え入れる準備を整えなければ」

「芋くさ令嬢は役に立たないだろうし、実質たった一人だけどな。公爵令息が手に負えない大悪人だったらどうするんだ？」

「そのときはそのときだ。ともかく中継地点であるロカの街まで迎えに行かなければ。あそこからは馬車では移動できない。コニー、迎えに行ってくれ」

「ええっ、俺が？」

「そうだ、お前が行くのが一番早い。彼らは十日後ロカに到着するから、用意を調えて待機していなさい」

あからさまに嫌そうな顔をしたコニーだが、報告書の確認を終えたヘンリーの指示に逆らうことなく大人しく部屋を出て行った。

「フロレスクルス公爵家次男、ナゼルバートか……無害な人物だといいのだが」

重いため息を吐《つ》き額を押さえた上司を、他の部下たちはハラハラしながら見守るのだった。

※

ヘンリーと話し終えたあと、コニーはスートレナ領の魔獣飼育場へ向かった。

ここには訓練されて「騎獣」と呼ばれるようになった移動用の魔獣が暮らしている。

人になつく獣と人を襲う獣がいるように、魔獣も個体によって性質が大きく異なるのだ。

飼育場にいるのは気性が穏やかで、馬よりも速く空を飛べる騎獣たち。

デズニム国の法律により、王都付近では騎獣の使用が認められていないが、舗装されていない道が多い辺境では必須の乗り物だ。

そして、コニーの魔法は『俊足』で、普通の人間よりも速く動けるという能力。

伝令や送り迎え、魔獣退治に最適な魔法なのだ。

コニーは魔力量がさほど多くないので、速く動ける時間は限られているが。

「はあ、憂鬱」

コニーは領主という存在が好きではなかった。最初は臨時で辺境をまとめる役人のヘンリーのことさえ警戒していたくらいだ。今回送られてくる罪人についても、よく思っていない。

「まったく、厄介なもんだよ。せめて、何もしない奴《やつ》だといいな。変に使命感に燃えた奴が来て、こちら側の事情もお構いなしに、好き勝手をし始めたらたまらない。誰が尻拭いをすると思っているんだ」

もと領主だった者たち、ヘンリーが来る前に王都から派遣された貴族たちの全員が酷いありさまだった。

独りよがりな自己満足のために必要のない政策をバンバン打ち立て、コニーたち辺境の者を振り回し、あげく辺境の暮らしが嫌になったと言って王都に帰ってしまったり、私腹を肥やそうと阿呆《あほう》みたいに何にでも税金をかけて、裕福ではない辺境の住民から金を取り立てようとしたり、スートレナ領に余裕がないとわかると、強盗まがいの悪事に手を染め始めたり……どいつをとっても最悪だ。

「まじで、勘弁してくれ」

とはいえ、コニーが勝手な真似《まね》をすればヘンリーに迷惑がかかる。

ここは、黙って彼に従うのが最善だ。

「だが、むしゃくしゃする」

頑丈な木でできた厩舎《きゆうしや》から、穏やかな気性を持つ魔獣を選んで連れ出そうとして……ふと、コニーの心に意地悪な気持ちが湧き上がった。

「貴族の男だったら、こいつらでも乗れるだろ。よし、変更しよう」

コニーが用意したのは、騎獣の中でも乗りこなすのが難しいと言われる魔獣、ワイバーンだった。

※

あれから正式に私とナゼルバート様は書類上で夫婦になり、一緒に辺境へ行く準備を始めた。

ケリーも一緒に行くと言いだし、最初は苦労をかけるからと断ったけれど、最後には私とナゼルバート様が折れる形になった。

また、公爵家の離れで私たちが過ごした間に、王城でもいろいろと動きがあった。

新たに王配に収まったロビン様は、教育を受けるべく王城で住み込みの勉強をし始めたらしい。

しかし物覚えが悪く、真面目に勉強する気もないようで、王配教育は難航している。

辺境へ旅立つ日は驚くほど穏やかな気候で、長距離移動用の大型馬車に乗り込んだ私たちはのんびり王都を出発した。

まず、十日かけて地方都市に行かねばならないが、気心の知れた二人と一緒なので気が楽だ。地方都市からは、別の移動手段で国境の街まで行くという。

軽い衣服を身につけた私は、快適な移動を満喫した。

普通のご令嬢に長旅は厳しいけれど、私はあの重量級ドレスを纏《まと》い、田舎から他の場所へ馬車に乗って移動しまくっていた猛者だ。

（ふっふっふ、重くなく動きやすい服を着た移動は、なんと楽なのでしょう！）

まだまだ私の体力は余裕に満ちている。

問題はこのたびめでたく私の夫になったナゼルバート様と、同じ馬車で常に近い距離にいるということだ。琥珀《こはく》色の目が向けられるたびにときめいてしまう。

イケメンで親切で優秀。完璧すぎる公爵令息。しかもなぜか、私に気さくに話しかけてくれる聖人のような人だ。

「アニエス嬢、夫婦になったのだし、俺のことはナゼルと呼んで。親しい人間からはそう呼ばれることが多いんだ」

いきなりハードルが高い要求が来たけれど、お世話になっている身としては彼の要望に添いたい。

「はい、ナゼル様。私のこともアニエスと呼び捨てにしてください」

「うん、そうするね、アニエス」

（ふおぉぉっ！　心臓よ、鎮まりたまえ）

実際に呼ばれると破壊力が半端なく、私はずっともだもだしている。

平常心に戻るため、心を無にして辺境へ行くおさらいをしようと決めた。

「ナゼル様、これから向かうのは国の南端にあるスートレナ領ですよね。海と森に面した、自然豊かな場所だそうですが」

「そうだよ。でも、自然に囲まれているからこそ魔獣が多く生息している。デズニム国の中でずば抜けて魔獣の被害が大きい土地だ。スートレナの兵士や王都から派遣された騎士団が常駐し、日々魔獣から人々を守っている……というか、魔獣が国の内部へ侵攻するのを防いでいる」

「そして、他国にも接しているのですよね。スートレナの西側が海、東側が森、南側が隣国ポルピスタン。北側は同じデズニム国のザザメ領とヒヒメ領」

ちなみに、隣国ポルピスタンは大きな国で、デズニム国とは険悪ではなく、つかず離れずの関係だ。寝たきりと噂の第一王子の妻がポルピスタンの王女だった。

「そうだね。ザザメが北東、ヒヒメが北西に広がっているよ」

「スートレナ領の主な産業は漁業と林業、森で食べ物の採取をすることも多いみたいですね」

「あとは狩猟かな、自然豊かな土地なのに作物の実りが悪いから」

「土が原因でしょうか？」

「その辺りは、よくわかっていないね。現地で調べてみようと思う」

「私にできることがあれば、お手伝いします」

真面目な話をしていたらドキドキが収まってきた。いい調子だ。

「ところで、アニエスはどんな魔法が使えるの？」

ナゼルバート様は魔法に造詣が深く、離れにも魔法の本がたくさんあった。

単純に魔法そのものに興味がある人なのだろう。

「私の魔法は『物質強化』です。地味で使い道がない魔法ですけど、実家では古い服や鞄《かばん》を丈夫にするのに使っていました」

「なかなか興味深い魔法だね。使い道がたくさんありそうだ」

優しいナゼルバート様はそう言うけれど、新しい服はもらえたし、これからは使い道がないと思う。

「ちなみに、ナゼルバート様は、なんの魔法を使えるのですか？」

「ナゼル、だよ。アニエス」

「あ……」

まだまだ、愛称は呼び慣れない私だった。

ナゼルバート様改め、ナゼル様は自分の魔法について教えてくれる。

「俺の魔法は植物を成長させたり、意図的に動かしたりできるものだよ。だから、自分の魔法を辺境での作物栽培に役立てたいと思うんだ」

デズニム国では自然に作用する魔法は重宝されている。他の魔法に比べて応用が利きやすく、効果や範囲や威力が大きいからだ。

「実家から俺が魔法で育てた苗も持ってきたんだ。これが農耕の役に立てば、スートレナ領で安定して食物が自給できるのだけれど」

「……すごいですね」

服の劣化を防ぐことしか頭になかった私とは雲泥の差だ。

そんなこんなで、馬車は平和になだらかな道をガタゴトと進んでいくのだった。

十日間馬車に乗りたどり着いたのは、ロアという地方の領地だ。

王都と比べると人や店の数が格段に少ないロアの街は、辺境へ行く際に馬車を乗り換える場所でもある。王都から離れた土地は街道が整備されておらず、馬車では進めないためだ。

代わりに乗るのが細い道や空中を移動できる魔獣。

人が乗れる魔獣は騎獣と呼ばれ、特別に訓練されており、人なつっこい性質のものが多い。

エバンテール侯爵領に騎獣はいなかったので、実際に見るのは初めてだ。

騎獣を売る店や、騎獣の貸し出しをする店、騎獣に人や荷を乗せて運ぶ業者など、この街の至る場所で目にすることができた。

一番多いのは空を駆ける羽の生えた馬の「天馬」で、馬と扱いが似ており人気だ。

他には高速で陸を走る、脚の長い大きな鳥や蜥蜴《とかげ》、狼《おおかみ》のような騎獣もいる。

私たちの騎獣はスートレナ領の人が連れて来るそうだ。

私は騎獣どころか馬にも乗れないので、誰かの後ろに乗せてもらわなければならない。

「ナゼル様は、騎獣に乗った経験がありますか?」

「もちろん。王配教育の一環で、いろいろな領地を回ったからね。そのときに騎獣に乗る訓練もしたよ。王都では需要がないけれど、乗れるに越したことはないからね」

尋ねると完璧な返答が来る。さすがナゼル様だ。

迎えが現れるまでの間、私たちは指定された場所で街の様子を観察した。

暖かな日の差し込む小綺麗《こぎれい》な待合所の一角に、木製の新しいテーブルと椅子が置かれている。

「アニエスは俺と一緒に騎獣に乗るといいよ」

「ありがとうございます。私は騎獣に乗れないので安心しました」

ナゼル様は気遣いまでバッチリだった。

しばらくすると、待合室にそばかすのあるワイルドな青年が駆け込んできた。

辺境特有の、日に焼けた肌に橙《だいだい》色に近い茶髪の彼は、私たちを見て瞬《まばた》きしたあと、早足で近づいてくる。

「あなたがナゼルバート様でしょうか」

「そうだよ。君がスートレナ領からの迎えかな？」

「はい、俺はコニー・フォーンといいます。それで……」

コニーはなぜか待合室の中をキョロキョロと見回し、戸惑った様子でナゼル様を見上げた。誰かを探している様子だけれど……。

「あの、奥様はどちらに？」

「…………」

待合室に沈黙が落ちた。

（ここだよ、ここにいるよ。あなたの目の前ですよ）

コホンと咳払《せきばら》いしたあと、ナゼル様が背中に腕を伸ばして私を抱き寄せる。

突然それらしい扱いをされたので、私は大いに戸惑った。

「紹介しよう。妻のアニエスだ」

「はじめまして、私がアニエスです。迎えに来てくださりありがとうございます」

ぎこちなく微笑《ほほえ》みながらコニーに挨拶する。

(大丈夫よ、今日もケリーに服と化粧を任せているもの。顔を合わせた瞬間、一目散に逃げられることはないはず！)

ケリーはとても優秀なコーディネーターなのだ。

コニーはぽかんと口を開けて私を見ており、腑《ふ》に落ちないといった表情を浮かべていた。

すると、ナゼル様が私の背中を支えたまま、彼に向かって笑いかける。

「自慢の妻なんだ」

(ひぇー！　そんな、滅相もない！)

深い意味はないだろうけれど心臓に悪すぎる。

私があたふたしている間に立ち直ったコニーは、騎獣の停留所へ案内してくれたが、そこにいたのは赤と青の巨大な騎獣たちだった。

目の前で雄叫《おたけ》びを上げる騎獣の見た目は蜥蜴のようで、鋭い爪の生えた後ろ脚に大きく広がる翼、羽根の先端には小さな前脚がついている。尻尾は長く、尾の先端には三角に尖《とが》った棘《とげ》が生えていた。

「こ、これは……？」

私は初めて間近で見る騎獣に興味津々だけれど、ナゼル様はもの言いたげな表情を浮かべている。

「ワイバーンだね」

「わい、ばーん？」

ここまで大きな魔獣は初めてだけれど、蜥蜴ならエバンテール家の庭にたくさん住んでいた。

（羽が生えて大きくなっただけよね。変な魔獣じゃなくてよかった～！）

以前読んだ本にはヌメヌメとした泥のような魔獣や、太った毛虫のような魔獣も載っていたので心配だったのだ。

「アニエス、その、大丈夫かい？」

まじまじとワイバーンを見ていたら、心配そうなナゼル様に声をかけられた。

「何がですか？」

「天馬が用意されるものと思っていたのだけれど。ワイバーンは、怖がる女性も多いから」

「平気ですよ。ナゼル様は、天馬じゃなくても乗れますか？」

「ああ、俺はワイバーンでも平気だよ」

「よかったです。それでは、さっそく」

騎獣に乗るのは初めてだから、ドキドキする。

私たちの前にいるのは、真っ青な皮膚に緑色の瞳の美しいワイバーンだ。光に照らされると反射して、皮膚がオーロラのように色を変える。

大人しいワイバーンは、不思議そうな目で私たちを見つめていた。思わず頬が緩んでしまう。

「よし、よーし、いい子でしゅねー。美人さんでしゅねー。実は私、こういう生き物が大好きなんです」

「え、そうなの？」

私を見たナゼル様が驚きの表情を浮かべる。

「はい。父や母がよい顔をしないので、屋敷では何も飼えなかったですけど」

庭には多くの小さな獣が生息していたし、エバンテール侯爵領では羊が飼われ、牧羊犬もいた。牛や鶏、山羊《やぎ》や猫も見かけた記憶がある。

夜中にこっそり屋敷を抜けだし、夜行性の獣を触りに行ったこともあった。

彼らは人間と違って私の外見をとやかく言わないし、私を傷つけない。

「では、お先に乗らせていただきますね」

目の前にいるワイバーンを撫《な》で終えた私は、騎乗のための金具に足を引っかけ、するすると背中に這《は》い上がる。ケリーが着せてくれた服はヒラヒラせず、動きやすいデザインだ。

背中にあった鞍《くら》に座ってみると、ワイバーンの動きがダイレクトに伝わってくる。

「ナゼル様は前に乗りますか、後ろに乗りますか？」

「後ろは危ないよ。アニエスは前、俺が支えるから」

「了解しました」

ずりずりっと前に移動すると、ナゼル様が身軽な動きで後ろの席に飛び乗ってきた。

（何をしてもスマート、格好いい……！）

コニーが複雑な顔をしているけれど、どうしたのだろう。

（まあいいか）

そのあとは、私とナゼル様とケリーだけでスートレナ領へ向かう。

ケリーはコニーと一緒に赤いワイバーンにまたがった。

広い翼を羽ばたかせるワイバーンでの移動は、のんびりした馬車での行程が嘘《うそ》のように速い。

最初からこれに乗ればいいのではと思ってしまうが、この付近以外では魔獣の使用が禁止されているのだとか。

「ナゼル様、騎獣ってすごいですね！」

初めて騎獣に乗った私は、ずっとはしゃいでいる。

騎獣は魔法で風よけの障壁が出せるよう訓練されており、空気抵抗なく速い速度で移動することが可能だ。

「ワイバーンは乗るのにコツがいるけれど、天馬よりもだいぶ速いんだよ。アニエスは、こんなスピードで空を飛んでいても怖くないの？」

「はい、平気みたいです」

「すごいね。乗り慣れている人間でなければ、ワイバーンでの移動は大変だというのに」

それにしては、ナゼル様も余裕の表情だ。王配教育の一環で騎獣に乗る訓練をしたと言っていたけれど、そんなに何度も騎獣に乗れていないんじゃないかな。

（だというのに、この安定感は、さすがナゼル様）

先ほどから前を行くコニーが、何度もこちらをチラチラと振り返って見てくる。彼はなぜか気まずそうな表情を浮かべていた。

休憩なしのぶっ通しで数時間飛行していると、眼下にそれらしき街が見えてくる。

「ここが、スートレナ領の中心部かな？」

スートレナの中心は、王都とは比べようもないほど寂れた街だった。

未舗装の地面には、木でできた建物がバラバラと建てられ、人々が集まる広場の奥に古い石造りの砦《とりで》がある。

さらに、少し離れた場所に貴族のお屋敷らしき建物もそびえていた。

人口は少ないし、店もほとんどない。田舎の街だと思えたロアの方が、まだ栄えている。

街の南には草原が広がっており、草原の向こう側には巨大な川が流れていた。

川を越えると、隣国ポルピスタンの土地になるそうだ。

景色を眺めていると、コニーのワイバーンが砦へ降り始めた。

「アニエス、降下するからしっかり摑《つか》まっていて」

「はい、ナゼル様！」

ワイバーンの体にしがみついた私を、ナゼル様がしっかりと抱きかかえる。

そういえば、最初に上昇したときも、彼にギュッと抱きしめられていた。

（はあ、ナゼル様……たくましい。いい匂い……素敵……！）

うっとりしているうちに、ワイバーンは建物の屋上に着陸する。

（降下も怖くない）

コニーとケリーは先に地上に立っていて、素早く地面に降りたナゼル様が私に向かって大きく両手を広げた。

「おいで、アニエス」

「えっと、ナゼル様？　もしかして……」

「大丈夫、俺の胸に飛び込んできて」

（やっぱり、そういう意味だったー！　ナゼル様にダイブするなんて、私にはハードルが高すぎです！）

戸惑っていると、焦れたのかワイバーンがモゾモゾ動き始めた。

（きゃあっ！　このままだと落ちちゃう!?）

バランスを崩した私は、観念してナゼル様の方に「えいやっ！」と、ジャンプした。

勢いよく飛んだ私を、ナゼル様は難なく受け止めてくれる。細いのに力持ちだ。

「アニエスは軽いね」

私を抱きしめたまま、にっこり微笑むナゼル様だけれど、地面に降ろしてくれる気配がない。

このままでは、心臓がバクバクと脈打っているのが彼にバレてしまう。

「ドキドキしているね、アニエス」

（速攻でバレた――――！）

でも、ナゼル様はどこか嬉《うれ》しそうに見えた。

一人で焦っていると、また新たな人物が建物の中から現れる。眼鏡をかけた顔色の悪いお役人さんで、二匹のワイバーンを見てさらに顔色を悪くしている。

「コニー！　どうして、ワイバーンがっ……」

声をかけられたコニーが、「あっ、やべえ！」と言って逃げ出そうとした。

しかし、ここは屋上で、ワイバーンに乗るか、後ろの扉を使わなければ逃げることができない。

お役人さんは私たちに目を留めると、オロオロした様子で告げる。

「部下が騎獣を間違えたようで大変申し訳ございません！　天馬を手配する予定だったのですが」

「私は平気だよ、ワイバーンにも乗れるから。妻と二人、楽しい空の旅ができた」

謝罪されたナゼル様は朗らかに答える。一人称がお仕事モードになっていた。

青い顔の人は捕まえたコニーを引きずりながら、私たちを建物の中へ案内する。

比較的綺麗な部屋に通された私たちに男性は改めて挨拶した。

「ようこそ、スートレナへ。地方官代表のヘンリー・ビルケットと申します」

「ナゼルバートだ。こちらは妻のアニエス」

私はぺこりとお辞儀した。

（ヘンリーさんはかなり顔色が悪いから、早めに話を切り上げて休ませてあげた方がいいかも）

しかし、彼の話は続く。

「ご存じでしょうが、現在スートレナ領に領主はおらず、王都から派遣された私が代理で辺境をまとめていました」

聞けば、ヘンリーさんは子爵家の三男だという。

もともと王宮で働いていたが、上司と意見が合わず辺境へ飛ばされたそうだ。

（なんだろう。辺境勤務が罰という感じなの？）

スートレナは、そんなにも酷い場所なのだろうか。

「だいたいの話は聞いているよ。前の領主一家は魔物の被害で亡くなられ、代わりにこの地を治めることになった次の領主も長続きせず、さっさと引退して今は王都にいるみたいだね」

「そうです。領主には跡継ぎがおらず、王都から派遣された親戚筋の貴族が新しい領主になったんですが、体調を崩して息子に家督をお譲りになり、跡を継いだ未婚の息子も魔獣に襲われて亡くなり……そのうち、スートレナの領主に就くと呪われるという噂が立ちまして」

最後の領主の死は、それは凄惨だったらしい。

だからか、誰も領主になりたがらず、次が決まるまでヘンリーさんが諸々《もろもろ》の業務を代わりに行っていたという。思いのほか上手《うま》くことが運んだためか、「次の領主は慎重に決める」と言われたまま今まで放置されており、現在に至ったみたいだ。

(ナゼル様は呪われた領主の位を、これ幸いと押しつけられてしまったの？　辺境暮らしって、そんなに魔物に襲われるもの？)

けれども、落ち着いた様子のナゼル様は、ひるむことなく穏やかに答えた。

「私は王都から追放された身だが、この地の領主となったからには、できる限りの仕事をするつもりだ」

「ありがとうございます、ナゼルバート様。今日はお疲れでしょうから、お屋敷の方へ案内させていただきます。詳しいお仕事につきましては、明日以降ご説明しますね。なにぶん人手不足で、手が回らないことをお許しください」

「気にしないよ。ありがとう、ヘンリー。それより、君も疲れているようだ。立場上、難しいかもしれないが、休めるときに休んでほしい」

ナゼル様も、ヘンリーさんの顔色が気になったみたいだ。

私たちは、さっさと屋敷へ向かった方が、彼の負担も減るだろう。

「じゃ、俺も帰りますね～」

私たちと一緒に部屋を出て行こうとしたコニーだけれど……、

「待ちなさい、コニー。お前には話があります。逃がしませんよ」

青白く険しい顔つきのヘンリーさんに、コニーは日焼けした腕をしっかり摑まれている。

なぜだかわからないけれど、コニーまで青い顔になっていた。

※

砦で解散したあと、私とナゼル様は砦から近い領主のお屋敷へ足を運ぶ。

もちろん、ケリーも一緒だ。

広い屋敷は代々領主が住んでいた家で、これから私たちのマイホームになる。

「大きいですね……」

辺境の屋敷だというのに、やたらと建物にお金がかかっている。

外壁が新しく、庭に変な飾りが多いのは、一つ前の領主が改装させたかららしい。

私は息を呑《の》み、ぐるりと周りの景色を観察した。

「あの、ナゼル様。屋敷の外壁から滝が流れているんですけど……すごいですね」

「俺も、こんな屋敷は初めて見たよ。滝は庭にある人工の川に繫《つな》がっているのか」

「カラフルな魚がいますね。建物に絡みついている植物の花も大きくて綺麗です。花びらが川に流

オーバーラップ5月の新刊情報

発売日 2021年5月25日

オーバーラップ文庫

ネトゲの嫁が人気アイドルだった 1
～クール系の彼女は現実でも嫁のつもりでいる～
著:あボーン
イラスト:館田ダン

死神に育てられた少女は漆黒の剣を胸に抱くⅥ
著:彩峰舞人
イラスト:シエラ

黒鉄の魔法使い 7　黒紅の宴
著:迷井豆腐
イラスト:にゅむ

信者ゼロの女神サマと始める異世界攻略
7.灼熱の勇者とラミアの女王
著:大崎アイル
イラスト:Tam-U

ハズレ枠の【状態異常スキル】で最強になった俺がすべてを蹂躙するまで 7
著:篠崎 芳
イラスト:KWKM

ひとりぼっちの異世界攻略 life.7 そして踊り子は黄泉返る
著:五示正司
イラスト:榎丸さく

絶対に働きたくないダンジョンマスターが惰眠をむさぼるまで 15
著:鬼影スパナ
イラスト:よう太

オーバーラップノベルス

壊れスキルで始める現代ダンジョン攻略 3
著:君川優樹
イラスト:クルエルGZ

射程極振り弓おじさん 3
著:草乃葉オウル
イラスト:あんべよしろう

異世界で土地を買って農場を作ろう 9
著:岡沢六十四
イラスト:村上ゆいち

とんでもスキルで異世界放浪メシ
10 ビーフカツ×盗賊王の宝
著:江口 連
イラスト:雅

オーバーラップノベルス*f*

芋くさ令嬢ですが悪役令息を助けたら気に入られました 1
著:桜あげは
イラスト:くろでこ

最新情報はTwitter＆LINE公式アカウントをCHECK!
@OVL_BUNKO　LINE オーバーラップで検索

2105 B/

オーバーラップ文庫＆ノベルス
NEWS
文庫注目作
「私たちは恋人じゃないわ。
──夫婦よ」
「えっ？」
ネトゲの嫁が人気アイドルだった1
〜クール系の彼女は現実でも嫁のつもりでいる〜
著：あボーン　イラスト：館田ダン
ノベルス注目作
待っていたのは
予想外の
溺愛でした！
芋くさ令嬢ですが
悪役令息を助けたら
気に入られました1
著：桜あげは　イラスト：くろでこ
2105 B/N

れていて……」

でも、辺境は裕福ではない土地だと聞いているのに、なんで領主の屋敷だけ、こんなに豪華なのだろう。首を傾《かし》げていると、ナゼル様が私を呼んだ。

「アニエス、ケリー、屋敷へ入ろう」

ケリーと揃《そろ》って大きな扉を抜けると、中もすごい光景だった。

「うわ〜、内装全部がゴテゴテですね」

思わず息を呑み、正直な声を漏らしてしまう。

「お金のかかっていそうな置物がたくさん。屋内にも川が流れていますし……」

「そうだね。手入れは、本当に最低限しか行き届いていないね。ほぼ、前の持ち主がいたときのままなのか……」

ナゼル様も戸惑いながらキョロキョロ周囲を観察していた。

「掃除のし甲斐《がい》がありそうです」

腕をまくったケリーは、すでに戦闘モードになっている。

「ケリー、無理しなくていいよ。一人で掃除をするのは不可能な規模だから。今日は君も疲れているだろうし」

「アニエス様とナゼルバート様のお部屋だけ、最優先で確認させていただきます」

そう言うと、ケリーは一人早足で屋敷の奥に進んでいってしまった。

「最低限、掃除をしてもらう使用人が必要だね。この辺境で人材の確保をするのは難しそうだけれど」

「そうですね、ナゼル様。離れとは規模が違いますものね」

「三人だけだし、こんなに広い屋敷は不要なんだけどね」

「前の領主は、どうしていたのでしょう」

しばらく遠い目をしていると、ケリーが戻ってきた。

「厨房《ちゅうぼう》とダイニングと浴室、夫婦の寝室と使用人部屋一室のみ、きちんと掃除がされています。本当に最低限ですね……とりあえず、本日はそこで過ごすのがよろしいかと」

「ありがとう、ケリー。君も休憩するといい」

「しかし……」

私もナゼル様に便乗して、彼女に休憩を勧めた。

「大丈夫。今日はもう休むだけだし、着替えは一人でもできるわ。食べ物はヘンリーさんが手配してくれて、あとで運び込まれるみたいだから」

「では、後ほど浴室でのお世話だけいたします」

ぺこりとお辞儀したケリーは、自分の荷物を持って私たちを見送った。

私とナゼル様は、二人で自分たちの部屋へ向かう。

二人の荷物は、ヘンリーさんと話をしている間に、彼の部下によって運び込まれていた。

（それにしても……夫婦の寝室って）

恐る恐る、ゴテゴテした廊下を進んでいく。二人で一緒の部屋なんて、心臓が保たない。

「どうしたの、アニエス？　行くよ？」

もたもたしていると、ナゼル様はきゅっと私の片手を握った。彼と手を繋いだことはあるけれど、やっぱり少し緊張する。

私はナゼル様を、出会ったときから素敵な人だと思っていたし、こうして一緒にいられるのは嬉しい。

（けれど、ナゼル様はそんな風には考えていないだろうな）

嫌われていないのはわかるが、彼が私に対して恋い焦がれているわけではない。

（ナゼル様は、義務をまっとうしているだけ）

いい人だから、一生懸命夫婦らしくあろうとしてくれているのだ。

こうしてナゼル様と一緒の部屋でお喋《しゃべ》りし、お風呂に入ったあとはケリーが綺麗にしてくれた広いベッドにナゼル様と並んで座る。

（なんだか本物の夫婦みたい）

初めて迎える展開に、バクバクと体の中を鼓動が駆け抜けていった。

（そういえば、新婚って何するんだっけ？）

今まで家庭教師に教わった知識を思い出してみる。

(たしか、家庭教師に習った、良妻賢母講座その四で『新婚夫婦は同衾《どうきん》しますが、寝所では大人しく夫に全てを任せるのです』って言われたような？　どうしよう、今気づいたけど何も具体的に習っていないわ)

私はハラハラした。

(そういえば、お父様の書斎に「新婚男女のあれこれ」という本があったわ。いかがわしい裸の男女が絡み合う絵がいっぱい載っていたっけ)

本の内容を思い出し、私の全身からブシューッと湯気が上がる。

(だ、駄目だわ！　あんなの、できる気がしない)

新婚男女は皆、あのようなことをするのだろうか。よくわからない。

一人で焦っていると、ナゼル様がさっさと布団に潜ってしまった。

「アニエス、おやすみ」

「ん？」

お疲れなのか、すぐに目をつむってしまったナゼル様。一人で緊張していたけれど、彼には何もする気がないようだ。

「……お、おやすみなさい」

モソモソと布団に潜り込んだ私は、チラチラとナゼル様を観察するけれど、彼が動き出す気配もない。旅の疲れもあってか、しばらくすると、引き込まれるように私も眠りに落ちていった。

辺境ストーレナ二日目……。

ナゼル様と同じベッドで眠ってドキドキしていた私だけれども、特に何もなく朝を迎えた。

「隣で眠っていたはずのナゼル様が、いない？」

すでに起きたのか、ナゼル様はおらず、よれたシーツの跡だけが残っている。

「寝坊……ではないわよね」

ケリーに身支度を調えてもらい、ナゼル様の居所を聞いたところ、彼はもう出かけてしまったと告げられた。

私が寝坊をしたわけではないが、ナゼル様はかなり早起きし、今は砦でヘンリーさんと一緒に仕事をしている模様。

「よし、私も頑張らなきゃ！」

領主の奥方の仕事といえば、家の管理だ。

「まずは、屋敷全体を把握して、使用人はケリー以外いないみたいだから雇って……って、誰もいないのおかしくない!?」

一人でノリツッコミをしていると、傍《そば》にいたケリーが相変わらずの無表情で教えてくれる。

「実は、募集しても集まらなかったそうなのです。領主の屋敷の使用人は、かなりの不人気職種なのだとか。相当賃金を上げないと来てもらえないかもしれません」

「なんで!?　王都ではそうでもなかったわよね？」

「詳しいことはわかりませんが、前の領主の評判がかなり悪いのと関係しているかもしれませんね。私たちも、あまり歓迎されていないようです」

「そうなの？　前の領主のせいなの!?」

「ええ、おそらく。昨日のワイバーンからして、私たちへの嫌がらせでしょう。おおかた、ナゼルバート様に恥をかかせようとしたのだと思います。天馬には乗れても、ワイバーンに乗れない貴族は多いですから。しかし、あれは……あまりの速度に酔いそうでした」

ケリーは淡々とコニーの行動を愚痴る。口調は冷静だが、かなり怨念がこもっているように感じられた。

（ワイバーンに乗れたのは嬉しかったけど、まさか嫌がらせだったなんて……）

今までに芋くさ令嬢としてさらされた悪意のレベルが高すぎて、私には気づけなかった。

「お仕事に行っているナゼル様は大丈夫かしら。とはいえ、私が職場に乗り込むわけにもいかないし。せめて、帰ってきたらくつろげるように、家の中だけでも綺麗にしましょう。ケリー、私も可能な限り掃除を手伝います！」

辺境に来る際に、資金はほとんど渡されていない。

いざというときに備え、今は極力無駄遣いを控えるべきだ。

「アニエス様は、なんと健気《けなげ》なのでしょう。私も精一杯働かせていただきます」

とりあえず、ケリーと一緒に広い敷地を巡って確認してみるが、どこも酷いありさまだった。

「無駄のオンパレードね」

「ええ、粗大ゴミが多すぎです。趣味の悪い置物、意味の理解できない絵画、デザインに凝りすぎて使えない家具。部屋の中にまで噴水があるなんて」

この屋敷に阿呆ほどお金がかかっているのは、さすがにわかる。

「庭の確認もしましょう」

「はい、アニエス様」

二人揃って今度は庭に下りてみる。

屋敷を囲むように流れる人工の川は、最終的に外の池に排出されているようだ。

(池からくみ上げ、また池に戻すのね。うーん、無意味)

美しい薔薇《ばら》の生け垣は手入れされておらず、増殖したトゲトゲに覆われていて近づけない。

そのまま少し歩くと荒れた畑が広がっていた。

「あら、畑はあるのね？」

「そうですね。畑……だったものとでも言いましょうか。向こうには頑丈そうな厩舎もあります」

「やけに大きいわ。昔、魔獣でも飼っていたのかしら？」

中を確認してみると、もぬけの殻だった。私とケリーは顔を見合わせる。

「まず、屋敷の中から手をつけて使える部屋を増やしましょう。売れるものは売ってお金に換え、使用人と庭師を雇います！　人手が増えなければ、どうにもならないわ！」

「承知いたしました、アニエス様」

淡々とした声音だが、ケリーの瞳もやる気に燃えているように感じられる。

(見ていてください、ナゼル様。押しつけられた結婚で不本意に思われているかもしれませんが、私はあなたの妻として立派に屋敷を管理してみせます！)

気合いを入れた私は、さっそくケリーと一緒に屋敷の掃除に取りかかった。

「ところで、アニエス様。お掃除をしたことはありますか？」

けれど、使用人部屋で掃除用具を探し当てたところで、ケリーが一言呟《つぶや》く。

問われて初めて、私は自分に家事の経験がないことに気づく。

「……ありませんが、なんとかしてみせます」

「ですよね。無理はしないでください」

エバンテール侯爵家で掃除はしていなかったけれど、掃除中のメイドは目にしていた。

(見よう見まねだけれど、やればどうにかなるわ……たぶん。これを機に、できることを増やしましょう)

私とケリーは、重要度の高い部屋から掃除を始めた。

「ふう！　厨房と洗濯場の掃除完了！」

「思っていたよりも、厨房が簡素で助かりました。使用人のエリアは、ものが少ないみたいで……」

「本当。必要最低限って感じね。自分たちが使うエリアにはゴテゴテと金ぴかの飾りをたくさん置いているのに」

「そういう領主は多いと聞きます。厨房の設備が壊れていないだけマシかと」

「使用人が雇いづらい理由にも関係していそう。それにしても、もう夕方か……二カ所しか掃除できていないのに」

二人でこの屋敷全部を綺麗にするのに、どのくらいの時間がかかるのだろう。

「ケリー。今日の掃除はここまでにして、ナゼル様をお迎えする準備をしましょう」

「そうですね。とりあえず、夕食の用意は私が」

「ケリー、料理ができるの？」

「いいえ。朝昼と同様、出来合いの品を買ってきます。以前、離れで食事を作ったことがあったのですが、ナゼルバート様に『今後は料理禁止』と厳命されてしまいましたので」

「え、なんでそんな命令を!?　ケリー……一体、何を作ったの？」

「やっぱり、料理人は欲しいですね」

振り返って問いかけたが、ケリーはあからさまに話題をそらし、食材を揃えるため街へ下りて行った。私は屋敷でダイニングセットの準備をする。これも、エバンテール家のメイドがやっていた仕事を真似しておけば大丈夫だろう。

「ナゼル様、お酒は飲むかな？」

昨日ヘンリーさんが手配してくれた食事と一緒に何本かワインが交じっていた。

（ワインとナゼル様……いい……！　似合う……！　飲むかわからないけれど、一応出しておこうっと）

そうこうしているうちに、当のナゼル様が仕事から帰ってきた。仕事で疲れているだろうに、ダイニングの扉を開けた彼は相変わらずの爽やかさだ。

「アニエス、ただいま」

「おかえりなさいませ、ナゼル様。お仕事お疲れさまです。もうすぐケリーが食事を持ってきてくれますよ」

いつも通りの完璧な美貌だけれど、どことなくナゼル様の元気がない気がする。

彼は私の両手を握ると、困ったように眉尻を下げて微笑んだ。

「アニエス、苦労をかけてごめんね。俺が辺境へ連れてきてしまったばっかりに」

「急にどうしたんですか、ナゼル様。私は、実家よりもこっちの方が楽しいですよ？　むしろ、実家にいたときの方が苦労の連続でしたよ？」

重いドレスや痛い靴での生活に始まり、顔を合わせれば婚約婚約と責められ、嫌われながらパーティーに参加させられ、失敗すれば殴られる。

（うわぁ、改めて思い返すと最悪だわ！）

それに比べて今はなんと平和なのだろう。

「気にしないでください。エバンテール家にいた頃と比べれば、全てにおいてどうってことないですので。それより先にお酒でもどうですか？　ヘンリーさんたちが屋敷に届けてくれたものですが、よさそうなワインですよ」

「うん、いただこうかな」

瓶を手にした私は、グラスにそそくさとワインを入れてナゼル様に差し出す。

「ありがとう、アニエス」

美しく微笑んだナゼル様は、そのままぐいっとワインを飲み干した。

（ナゼル様、素晴らしい飲みっぷり……でも、ワインって、そんな飲み方をするものだっけ？）

優雅に口元からグラスを外したナゼル様は、流れるような視線で私を見つめて口を開く。

「アニエス、もう一杯もらってもいい？」

「あ、はい。どうぞ」

二杯、三杯と、どんどんワインを消費していくナゼル様。ほんのりと頰が赤いのは酔っているからに違いない。これ以上は注《つ》がない方がよさそうだ。

「ナゼル様、ワインはここまでです。残りは明日以降のお楽しみにしましょう」

棚の中にささっとワインを隠した私は、彼の隣の席に腰掛ける。

フロレスクルス公爵家の離れにいた頃、ナゼル様は飲酒をする人ではなかった。

（これは……仕事で何か嫌なことがあったに違いない。お父様がそうだったもの！）

父のように酔って周りに当たり散らさないのは、さすがナゼル様だと思うけれど。

「ナゼル様、私でよければお話を聞きますよ。あまり役に立たないですけど」

酔いが回っているのか、ナゼル様はいつもと比べてぼーっとしている。そんな彼は、苦しそうな表情を浮かべながら、ぽつぽつと私に話をしてくれた。

普段なら私に仕事の話はしないだろうけれど、ワインのおかげで彼の口は少しだけ軽くなっているようだ。

――そして、私はナゼル様がこんな風になってしまった理由を理解した。

「……ふんふん、なるほど。そういうことですか」

酔って要領を得ないナゼル様の話を頭の中でまとめると、ケリーが教えてくれたとおり、私たちはこのスートレナ領内でアウェイな状態で、それはナゼル様の職場でも同様だということだった。

特に砦では、辺境のために奮闘するナゼル様に、「何もしないでくれ」と頼むようなありさまだったらしい。あげく「今までの領主様と同じように、屋敷で優雅に過ごしてくれたらいいです」と言われたという。

（今までの領主って、まったく仕事をしていなかったの？　屋敷で優雅に何をしていたのかしら？）

王都にいた頃から、私はナゼル様がスートレナ領について勉強していたのを知っている。この領地をよくすべく事前準備をしていたことも。けれど……、

「何をするにも協力が得られないとなると、厳しいですよね〜」

ナゼル様のとろんとした琥珀色の目が床を向く。

「うん……方法を、考えなきゃ……」

(私もナゼル様と一緒に仕事ができればよかったのだけれど)

古きよきエバンテール侯爵家の令嬢教育は、ひたすら良妻賢母を目指すものだった。

勘当されてからは、ナゼル様の持っている本を読むなどして調べ物をするようになったものの……まだまだ、あまり役に立てていなくて歯がゆい。

(でも、だからといって何もしないのでは領主夫人失格よね)

私には、このままナゼル様を放っておく気などなかった。

「ナゼル様、前に辺境向けに品種改良をした苗は今、荷物の中にありましたよね。ここで植えてみませんか？　現地できちんと育つか調べたいって、おっしゃっていたでしょう!?　屋敷の庭で畑を見つけたんです！」

広大な畑を全部耕すのは無理だけれど、一つか二つなら植えられる。

(庭の隅に積み上げられていた肥料も、まだ使えると思うし。細かいことは、あまりわからないけれど……とりあえず、混ぜればいいのよね？)

酔ったナゼル様を引っ張って暗くなり始めた庭に出ると、ちょうど夕食を買い終えたケリーが戻り、私たちの方へと走ってきた。

「お二人とも、外で何をされているのですか!?」

「ケリー、いいところに。実は畑を耕してナゼル様の用意した苗を植えようと思ったの」

「あの、荒れた畑にですか？」

「小さな範囲を耕して、一つ二つくらいなら植えられると思わない？」

「そのくらいなら。私もご一緒します」

よし、三人もいれば、そこまで時間はかからないはず。

ナゼル様とケリーの手を引いて、庭の小道を進んでいく。

通り道のすぐ横にはオープンテラスがあり、使われていない無駄に豪華なテーブルと椅子が並ぶ。

比較的綺麗なので、拭けばすぐに使えそうだ。

「アニエス様、お食事は外にしますか？　出来合いのものばかりですので、どこでも食べられますよ」

「ええ、そうしましょう」

「ところで、先ほどから、ナゼルバート様のご様子がおかしいのですが」

「ごめんなさい。ワインを勧めたら、酔っ払っちゃったみたいで」

「……あの、アニエス様。実はナゼルバート様は、大変お酒に弱いのです」

「どうしましょう。普通に飲まれるから、たくさん注いでしまったわ」

「時間が経《た》てば大丈夫でしょう」

私たちは、庭に面した豪華なテーブルを軽く払って掃除する。

(周りに花壇があるから、ここで優雅なお茶会をしていたのかしら)

前の住人の生活は、どこまでも豪華で贅沢《ぜいたく》だ。

「ところで、アニエス様は畑仕事をされたことがおありですか?」

「ないけど、フロレスクルス家の離れにあった本で読んで勉強したの」

「わからない部分は、私がレクチャーしましょう。こう見えて、農業経験者ですので」

畑について喋りながら、私たちは開放的な空間で食事を楽しんだ。普段は外で食事はしないが、こういうのも素敵だ。

ただ、先ほどから酔ったナゼル様が、くっついてくるので落ち着かない。

「アニエス、アニエスは本当に可愛《かわい》いね」

「ありがとうございます、ナゼル様」

「はあ、可愛い……」

横並びに座ったベンチの上で彼がぐいぐいと迫ってきて、ワイバーンに乗ったときとはまた違う恥ずかしさがある。

「ねえ、アニエス。こっちを向いて?」

「……わぁっ!」

ひょいと椅子から抱き上げられ、彼の膝の上に座らされる。

（ひえぇ！　ナゼル様の太股《ふともも》の上にお尻を乗せてしまうなんて！）

慌てる私とは反対に、ナゼル様はほわほわと穏やかに笑うばかりだ。

「アニエスは軽くて可愛いね」

視線でケリーに助けを求めるが、彼女は無表情で「微笑ましい光景です」などと言い、私たちを見守っているだけだ。

（心臓がバクバクしすぎてはち切れそうなのに？）

食事を終えるまでの間、私はずっとナゼル様の膝の上に腰掛け続ける羽目になった。

（ふう、恥ずかしすぎて疲れてしまうわ）

食後、私たちは揃って畑へ向かう。

ナゼル様の酔いはまだ覚めず、今は私の背中にひっついていた。

「アニエス、可愛いね。いい匂い……」

「恥ずかしいので、嗅ぐのはご勘弁を～！」

この距離感には未《いま》だに慣れない。

「アニエス様、鍬《くわ》で耕すのは私がします。実家に畑がありましたから、弟たちとこうして土いじりをした経験があるのです」

「ケリーには兄弟がいるのね」

「ええ。長女なので、下は弟が五人もいるのですよ……って、アニエス様、そっちの肥料袋は重いですから私が持ちます……」

「ドレスよりも軽いから大丈夫よ。これを撒《ま》けばいいのね。せいやーっ！」

バッシャァァと肥料を撒き散らす私を見て、鍬を握ったケリーが悲鳴を上げている。

その間に、酔っているナゼル様は無言で鍬を手に取り、器用に畑を耕し始めた。

（本当に、ナゼル様はなんでもできるのね）

ただし、目はうつろで、呼びかけても「アニエスは可愛いね」という言葉しか返ってこないのだけれど。

そうして、なんとか畑の一部分を回復させるのに成功した私たちは、土を掘ってナゼル様の苗を植えた。

（薄暗い庭でせっせと野良仕事をする三人組。ちょっと面白いわね）

ナゼル様の魔法は、もともとある苗を品種改良するだけではなく、何もない場所に植物を生やすこともできるらしい。

けれど、無から魔法で生み出した植物は、出現している間中魔力を消費し続けるので、こうして畑で育てるのには向いていない。

（ナゼル様の魔法、いろいろ見てみたいな）

とりあえず、今は苗が元気に育ってくれることを祈りつつ、水やりを終えた私は、ナゼル様やケリーと一緒に軽い足取りで屋敷へ戻ったのだった。

翌日――ナゼル様は、昨日ワインを飲んでからの記憶を失っていた。

彼を職場に送り出した私は、さっそく一人で畑を確認しに行く。

（ふふふ、朝の水やりをしなきゃね）

けれど、昨夜植えたばかりの苗は、なぜか元気をなくしていた。

「あれ？　しおれてる……このままじゃ、枯れてしまうかも」

水をやりつつ、私はうろたえた。

スートレナ領は作物が実りにくい土壌だとは聞いていたが、庭の薔薇や雑草は育っている。

食べ物を実らせる作物だけが育ちにくいということだろうか。

（どうか、元気になって。なんとか、なんとか持ちこたえて）

ただでさえ落ち込み気味のナゼル様を、これ以上落胆させたくない。

（苗が枯れたと知れば、悲嘆に暮れてしまうかも。そんなの嫌だわ）

やけくそ気味の私は、弱っている苗たちに自分の物質強化の魔法をかけて帰った。植物には効かないだろうけれど気持ちの問題だ。

（はあ、ナゼル様になんて言えばいいの……）

沈んだ気持ちで屋敷に戻り、昨日と同じくケリーと部屋の掃除をしつつ、不要な置物などをまとめていく。これらを売ってお金に換え、使用人を増やす計画は続行中だ。

「でも、こういうのを買い取る業者は……辺境にいないわよね」

できるなら金ぴかの価値を理解し、高値で買ってくれる業者がいい。

作業をしながら、ケリーは何かを考えるように視線を動かす。

「……おそらく、いるとは思います。私が手配しましょう」

詳しくは言わないが、当てがあるのかもしれない。私はケリーに任せることにした。

「ありがとう！　駄目だったら無理しなくていいからね」

ゴテゴテした置物に、「要るもの」、「要らないもの」とメモを貼っていく。ほぼ全てが「要らないもの」だ。

（ナゼル様の役に、少しでも立ちたい）

彼は行き場のない私を拾って、あの境遇から助け出してくれた恩人だ。

辺境へ行く際、理由をつけて私との結婚から逃れることもできたと思う。強制的に実家へ帰すことだって……。

それなのに、ナゼル様は芋くさ令嬢なんかと結婚して、私を一緒に辺境へ連れてきてくれた。どうせなら、「連れてきてよかった」と言ってもらいたい。

私は屋敷内の環境を向上させるべく、ちょこまかと動き回り、昼過ぎにはケリーの買い出しにもついて行った。

辺境の市場は小規模で、以前馬車の中から見た王都の市場とは大違いだ。

必要最低限の肉や魚、森で採れた山菜やキノコや果物が売られている。野菜や穀物もあるけれど、数が少ないし萎《しな》びていた。

（食料事情はよくないみたいね）

ケリーがメイド服を貸してくれたので、市場にいる誰もが私を芋くさ令嬢だとはわからず、お屋敷に勤めるメイドの一人だと思っている。

店のおばさんが、私たちの姿を見て話しかけてきた。明らかによそ者だとわかるのか、市場を歩くと声をかけられる機会が多い。

「あんたら、新しい領主様のとこの子だね。領主様はとってもハンサムらしいから、私もお目にかかりたいもんだよ」

早くもナゼル様の話題が、市場のおば様方の間で広がっている。

「でも、どういう人柄かまではわからないから心配だよ。前の領主様は、そりゃあ酷い奴だったからね」

「以前の領主様は、どんな方だったのですか？」

前の領主の話題が出たので、私は彼女たちにいろいろと質問してみた。昨日のナゼル様の話も、気になっていたのだ。

「とんでもない奴だよ。いや、そいつに限らず、この地を治めていた領主は代々碌《ろく》でもなかった。だが、一つ前の領主は特に最悪だったってことさ」

「私はこちらへ来て日が浅いので、よく知らないのですが」

そう言うと、お喋り好きのおば様たちが率先して話を教えてくれた。

「阿呆みたいに税金を取って贅沢し、領民をただ働きさせてヘンテコな屋敷を作り、可愛い女の子を見つけると屋敷に攫《さら》うような奴さ。気に入らない人間は徹底的に排除して……凶暴な魔獣も飼っていたね。人間と暮らすような種類でもないのに」

なるほど、あのお屋敷の諸々の品は……巻き上げた税金で買ったものだったのか。

(ゴテゴテを売り払って使用人を雇った残りのお金は、領地のために使おう)

ナゼル様に渡せば、きっと役立ててくれるはずだ。

「暴力的で平民を同じ人間だとは思っていない。あいつが魔獣に襲われてホッとしている人は多いさ。次に、まともなヘンリー様が来てくれて、ありがたい限りだよ。だから、新しい領主様には悪いけど、たいして期待はしていないんだ」

おば様方の話は、がっかりするような内容ばかりだった。

(前の領主たちのとばっちりもあって、ナゼル様は辛《つら》い目に遭っているのね)

なんとか、皆に信頼してもらえればいいのだけれど。

「アニエス様、そろそろ屋敷に戻りましょう」

こっそりとケリーが私を呼ぶので、大人しく彼女のあとに続く。

「それにしても、ケリーはすごいわね。王都でも優秀だったけれど、辺境でもすぐに適応しているし」

「そんな、私なんて……ただのメイドですし。主《あるじ》に恵まれているだけです」

前の主であるミーア王女殿下と比べれば、大抵の人間は「いい人」に分類されそうだ。ナゼル様は本当にいい人だけれど。

喋りながら屋敷に引き返すと、先にナゼル様が帰っていた。

「ただいま戻りました、ナゼル様。ケリーと買い出しに行ってきました」

「おかえり、アニエス。メイド服が可愛……いや、それより大変なことが起こったんだ」

「大変？　どうかしましたか？」

いつにない慌てぶりのナゼル様を見て、私の心に不安が芽生える。

「庭に植えた苗が」

昨夜のナゼル様は酔っていたけれど、皆で苗を植えた件は朝のうちに話してある。

「苗が……何か……？」

答えつつ、私の頭は「これはまずい！」と警鐘を鳴らしていた。

（まさか、まさか、枯れてしまったのでは!?　それを見つけた第一発見者が、ナゼル様だなんて……！　ああ、無情……!!）

顔には出さないけれど、きっと悲しんでいるのだろうと想像し、私は背筋が冷えた心地がした。

「アニエス、とにかくこちらへ来て」

ナゼル様は私の手を引いて、ずんずんと庭を進んでいく。

しばらくすると、びっくりするような光景が目に飛び込んできた。

「苗がっ、苗が……！」

私はそれ以上言葉を続けられず、パクパクと口を動かす。

目の前にそびえ立つのは、昨日植えた苗……のはずだけれど、明らかに別の姿をしている。なんというか、巨大すぎるのだ。

今朝枯れかけていた弱々しい苗は、今や屋敷よりも高く成長していた。茎だって極太だ。

「ナゼル様、これ、なんの苗でしたっけ？」

「たしか、普通のヴィオラベリーのはず」

ヴィオラベリーはブルーベリーによく似た、この国独自の果物だ。暖かい土地で育つと言われており、通常ならば直径が親指くらいの甘くて大きな実がなる。

しかし、巨大な木に実っている果実は、大人の頭ほどの大きさだった。

「何が起きたんだろう、成長が早すぎるし植物自体が大きすぎる。調べたところ、特に害はないみたいだけれど」

ナゼル様は不思議そうな顔で、もはや苗とは呼べない物体を観察している。

そんな彼を眺めつつ、私は焦っていた。

（も、もしや……）

そう、私には、心当たりがあった。

萎びた苗を見てショックを受け、やけくそで適当にかけた強化魔法。もしあれが関係しているのだとすれば大変だ。

「ひぃ……っ」

もしかして、私は、とんでもないことをしてしまったのではないだろうか？

「アニエス？　何か、知っているの？」

くるりと振り返ったナゼル様が、めざとく私の反応に気づいてしまった。

（や、やばい……）

私の横に立ったナゼル様が片眉を上げつつ、顔をのぞき込んでくる。

「……アニエス？」

美青年ぶりを発揮する彼の琥珀色の瞳に見つめられ、うろたえた私はオロオロと目を泳がせた。

「そ、その……ナゼル様、顔が、顔が近いです！」

「アニエス、教えてくれないなら、ずっとこのままだよ？」

そう言うと、彼はあろうことか両手で私の顔を挟んでロックオンした。

目の前に迫る美形フェイス。私には、刺激が強すぎる！

（うあああー！）

一瞬にして音を上げた私は、強化魔法を植物にかけたことを、正直にナゼル様に白状したのだった。

「……なるほど、そういうことか。アニエスの魔法に、そんな効果があったとはね」

「はい、私も予想外でびっくりしています。今まで、服や鞄の補強にしか使ったことがありませんでしたから」

残りの苗も庭に植えて魔法を使った実験をしてみると、苗は半日ほどで巨大に成長し、実をつけることが判明。実は季節に関係なく実るようだ。

「最初のヴィオラベリーが特に大きく育ったのは、栄養面の問題かな」

「……私が肥料をばらまいたせい？」

あとでナゼル様に教えてもらったけれど、庭に置いてあった肥料は、少しずつ何回かに分けて土に混ぜるものらしい。景気よく、大量に振りかけていた私は一体……。

「その件はケリーから聞いたよ。本来なら、ばらまきすぎなのだけれど。アニエスの魔法の効果で急激に育ったから、たくさん栄養が取れて、いい感じに成長したみたいだ」

「それじゃあ、同じ感じでばらまけばいいですね！」

「ちょ、アニエス……!?　袋が重いから……」

庭の隅に山ほど置かれている肥料の袋をひっつかんで、すでに耕された畑の上にダバーッと撒く。

「アニエスは力持ちだね」

「そうなのでしょうか」

これも、長年重いドレスで鍛えた効果かもしれない。

「ヴィオラベリー、エメラルドチェリー、ピンクマタタビ。他の植物も成長しやすく、実をたくさんつけるよう改良したけれど。予想以上の効果が見込めそうだね」

ナゼル様が手を加えたとはいえ、ここまで巨大化してたくさん実るとは、本人も予想外だったみたいだ。

「おいしい実が採れてよかったですね、切って皮をむくだけならケリーでもできますし。屋敷でジャム作りの本を発見したので、今度見ながら作ってみますね」

「作るなら最初はケリーに見てもらいながらするといいよ。料理はともかく、器具の扱いには慣れているから。落ち着いたら俺も何か作ってみたいな」

ナゼル様と手を繋ぎながら、一緒に庭を散歩する。

この屋敷の広い庭には、まだ耕せていない畑や花壇がたくさんあるのだ。

「ありがとう、アニエス。不自由な中で協力してくれて」

歩きながら、ナゼル様がポツリと呟いた。

酔っ払ったときも同じことを言っていたので、ずっと気にしていたのだろう。

「ぜんぜん不自由じゃないですよ、むしろ楽しいです。何度でも言いますけれど、私はここでの暮らしが気に入っています」

実家にいた頃は、こんな風に好き勝手に動けなかった。家の方針もあるけれど、自分に自信がなくて外に出るのが怖かったのだ。

でも、今はナゼル様やケリーが一緒にいてくれるし、「芋くさ令嬢だ」と、指をさされることもなくなった。それが嬉しい。

「辺境へ連れてきてくれてありがとうございます、ナゼル様」

「アニエス……」

ナゼル様は、私の方へそっと両手を伸ばす。

わけがわからずじっとしていると、彼はその手でギュッと私を抱きしめた。

(ひゃー！　ナゼル様が、ご乱心だー！　温かい、胸板が固い、いい匂い……)

心臓が倍の速度で脈を打ち始め、思考がフル回転しては霧散していく。ナゼル様は自分の魅力に無自覚だ。

「お礼を言うのは俺の方だよ、アニエス。君がいてくれて本当によかった」

ナゼル様の体がより一層密着してきて、頬にそっと彼の唇が下りてきた。少しひんやりとした感覚にビクリと背中がのけぞる。

(……っ!?　ナゼル様、ほっぺにキスした……？)

プロポーズのときは手の甲だったけれど、だんだん大胆になってきている気がする。

軽く触れただけの唇は、すぐに離れていったけれど、放心状態の私は固まったままだった。

(命令で結婚した妻なのに、どうしてそこまでするの？)

彼の真意が聞きたいような、それでいて聞くのが怖いような、言葉にしがたい感情が浮かんでは消えていく。顔を熱くしてうだうだ悩んでいる間に、ナゼル様は微笑みながら離れていってしまった。

（うう、私の意気地なし）

優しい表情を向けるナゼル様からは、まったく動じた気配が感じられない。

「アニエス、苗のことは調べて、ヘンリーにも知らせておこう。食料事情の改善に繋がるかもしれないから」

「そうですね。領地に苗が広まればいいと思います。物質強化が必要であれば、魔法をかけに行きますよ」

「そのときはよろしくね」

国の南にあるスートレナ領は、森や海に隣接しているので、作物が実りにくくても食べ物を確保することができる。しかし、それは通常時の話だ。

以前から耳にしていたように、この土地では魔獣の被害が深刻だった。

魔獣がたくさん出現する時期や、凶暴な魔獣が発見されたときなどは、森や海に出かけることが叶《かな》わず、食料が不足する。

運が悪ければ、半年以上、まともに出歩けない年もあったそうだ。

危険を冒して、海や森に食べ物を取りに行くか、身の安全を優先するか……領民は過酷な選択を迫られていた。他領から食べ物を購入する手もあるにはあるが、金額が高く輸送も困難で現実的ではない。なんでも領地を経由するごとに、かけられる税金が上がっていくのだとか。

ナゼル様の生み出した苗が増えれば、いつでも安全に食料を得ることが可能になる。

植える場所、収穫者などは検討が必要だろうけれど、この苗が広がれば領民の多くが助かるはずだ。珍しい食材なら他の領地へ出荷することもできるかもしれない。

その後、苗の話はナゼル様からヘンリーさんに伝わり、近々屋敷に彼がやってくることが決まった。

食料危機を救う植物の出現とあっては、さすがに今までのように無視できなかった模様。

(これを機に、ナゼル様が辺境の人たちに認められるといいな)

※

私のお屋敷管理も、不要品を買い取ってくれる業者が見つかり、使用人を雇う計画に希望が見え始める。業者はケリーが、信頼できる筋から見つけてきてくれた。

彼女が連れてきたのは、近隣で手広く商売をするベルという人物で、まだ若い商人だ。

外見は、ナゼル様と同年代。

金髪に緑色の瞳のやたらと爽やかな人で、白い歯がキラーンと光を反射している。

とにかく華やかな雰囲気なので、そこにいるだけで周りが霞《かす》んでしまいそうだ。

（……ちょっと、うさんくさくない？）

不要品を買い取り、必要な人に売ったりもしているという彼を、さっそく屋敷の中に招き入れてみる。

ベルは荷物の運び出し要員もたくさん引き連れて来て、全員がテキパキと動いてくれた。

商人だけれど代表的な立場で、人に指示を出すのに慣れているみたいだ。

「ふぅん、曰《いわ》く付きの領主の屋敷か……いろいろな意味ですごい場所だな。限りなく贅沢で悪趣味だ」

ベルは、正面にあった獅子《しし》のような亀のような置物を鑑定しつつ答える。

（「悪趣味」って正直に言ってしまったよ？）

悪びれる様子もなくベルは鑑定結果を書類に記入していった。

「これも悪趣味だけれど価値はあるね。ここに埋め込まれていた宝石は非常に珍しい」

「置物本体はどうですか？」

「うん？　ヘンテコな物体は全部無価値、むしろ宝石の美しさを著しく損ねるマイナス要因だ。デザインした人間の美意識を疑う」

（……ですよね～）

変な場所から手足が生えている像や、不格好な泥団子に似た像まである。

壁には、父が書斎に隠している本に載っていたような、裸婦の絵が飾り付けられていた。

「こちらの絵画も持っていっちゃってください」

「おお、これはまた……一部の方々に高値で売れそうですね」

一瞬素が出た商人は爽やかに笑うと、丁寧な口調に戻って応えた。

「かしこまりました。こういう絵ばかり集めている貴族を知っていますので、そちらに紹介してみましょう。あちらのインテリア類も、そういうのが好きなご婦人に心当たりがあります」

「変わった趣味の人が多いですね」

「ええ、そうなんです。理解に苦しみます」

……商人がそんなことを言っていいのだろうか。

（物腰はとても上品だけれど、妙にうさんくさくて、商人っぽくない人だわ）

そう思ってベルを見たら、心の声が漏れていたみたいで、彼に苦笑された。

「うさんくさくない、うさんくさくない。私はれっきとした商人ですよ」

「……そうですか」

私の審美眼はともかく、しっかり者のケリーが呼んでくれた商人なので、怪しくはないのだろう。

そんな感じで、私たちはお屋敷の中を見て回った。

ベルは顔が広いようで、様々な貴族たちの事情を知っている。当たり障りのない内容ばかりだけれど、彼の話を聞くのは楽しかった。

「アニエス様は、気さくな方なのですね」

「そうですか？」

「すみません、予想していた奥方と違ったもので。これほど美しくて面白いご夫人がいて、旦那様は幸せ者だ」

「だといいのですが」

この人も、芋くさ令嬢の噂を知っている人らしい。

怪しげな美術品の鑑定を終えたベルは、運搬係にあれこれ指示を出し始める。

（これで、屋敷は見違えるほどスッキリするわね）

ベルは変わった商人だけれど、きっちりとお金も払ってくれたので、悪い取り引き相手ではなかった。

諸々の対処に追われてしまい、気づけばもう辺りが暗くなっている。

「ケリー、今日は私が夕食を買ってくるわね。近所だから、メイドの格好をして行けば大丈夫」

「駄目ですよ、アニエス様。あなたに何かあれば、ナゼルバート様に顔向けできません」

家具を退《ど》かしたあとを掃除するケリーが首を横に振った。

「一番近くの店なら、屋敷を出てすぐなのに？　ちょっと行ってくるだけだから。それとも私が掃除を代わる？」

「家具や変な置物を大量に退かしましたので、どこもかしこも埃《ほこり》の山です。アニエス様は近づいてはいけません」

「寄るのは近所の店だけにするから。それなら、大丈夫でしょう？」

そろそろ、ナゼル様が屋敷に帰ってきてしまう。食事の準備はしておきたいところだ。

絶対に寄り道をしないという条件で、私はケリーから外出許可を勝ち取った。

目的の店は屋敷からとても近いのだけれど……ケリーは過保護だと思う。

「……初めての一人のお使い。ドキドキするわ」

お金を鞄に入れた私は逸《はや》る気持ちを押し隠し、メイド姿で屋敷を飛び出したのだった。

「急がなきゃ、お店が閉まっちゃう」

辺境は店じまいする時刻が早いので、駆け足で屋敷の庭を進み、大きな門を開けて通りに出る。

屋敷は街の中心部から少し離れていて、人通りが少ない。

それでも、近くに食べ物を扱う店が数軒あった。

森で採れた木の実やキノコを売る店『お日様堂』、簡単な惣菜《そうざい》を販売する屋台『ハムに小判』、テイクアウト可能な小さな食堂『花モグラ亭』。

私はそのうちの一つ、『花モグラ亭』へ向かった。

たしか、一番閉店時間が遅かったはずだ。

温かい色のランプに照らされた木の扉を開けると、チリンチリンとベルの音が鳴り響く。

静かな店内には、数人のお客さんと壮年の亭主夫妻がいた。

「いらっしゃい、夜遅くまで大変だねえ。お屋敷で、酷い目に遭っていないかい？」

亭主とおかみさんが心配してくれている。

ケリーと一緒に足を運んだことがあったので、彼らは私を覚えていたようだ。

（メイドって、この辺りではあまり見かけないものね……）

前にいた領主は、雇用主としても最悪だったらしく、私とケリーは買い物に行く先々で心配される。これは、訂正しなければと私は息巻いた。

「職場環境は悪くないですよ。領主様は素晴らしく、衣食住保障で賃金も他と比べて多めです。あ、そうだ……」

私は懐から、ゴソゴソと一枚の紙を取り出す。かねてよりケリーと一緒に作っていた、求人募集の張り紙だ。

（資金が手に入った今、使用人を雇う計画をいよいよ実行しましょう！）

紙を広げ、それを夫婦に差し出しながら口を開く。

「ご覧ください。あの屋敷の使用人募集の紙です」

集まるか不安もあるので、辺境の使用人はもちろん、王都の使用人よりも待遇をよくしている。

「なんと、まあ！　こんなに条件のいい求人は、ここいらでは初めて見たよ」

おかみさんが声を上げると、亭主もうんうんと頷《うなず》いた。

「衣食住保障、通いＯＫ、勤務日週三日以上（応相談）、各種手当てあり、ボーナスあり、残業の少ない職場です……好待遇すぎて怪しくないか？」

驚いている二人に、私は「現在、初期メンバーを募集しています」と告げた。

さらに「旦那様は優秀で寛大な心を持っている」ということも猛アピールした。

このところ、街の各地でナゼル様の素晴らしさを布教して回っているのだ。

「あの、もしよければ、求人票をお店の壁に貼らせていただけないでしょうか」

店の壁には、他にも求人票がたくさん貼られている。その中に交ぜてもらえないか駄目元で頼んでみると、亭主夫妻はあっさり許可してくれた。いい人たちだ。

「ありがとうございます！」

目的の料理も無事に購入でき、私は満ち足りた気分で屋敷へ帰るのだった。

薄暗くなり始めた通りを、気分よく『花モグラ亭』から帰っている途中、ふと道の端で何かが蠢《うごめ》いているのが目に入った。

「うん？　魔獣かしら？」

魔獣は森や海に多く生息し、このような街中に出ることは希《まれ》だという。ただし、何事にも例外はあった。

不安に思いつつ、近づいて観察すると、それが魔獣ではなく人間の男性だとわかる。

気分が悪くなったのか、道の端でしゃがみ込んでいるようなので、とっさに駆け寄って男性に声をかけた。

「大丈夫ですか？　どうされました？」

男性はゆっくりと顔を上に向け、私を認識して大きく目を見開く。

「あ、あなたは……」

「あっ……!?」

私も驚いて声を上げた。というのも、倒れていた男性が知っている人だったからだ。

「ヘンリーさん!!」

「ア、アニエス様……なぜ、メイド姿……？」

しまったぁ！　気軽に街を出歩けるよう、メイド服に着替えていたんだった！

「こ、これには、事情があるんです」

私は微笑みを浮かべながら、話をそらそうと試みた。

メイド服でのお忍びを詮索されたくないし、ヘンリーさんの体調が心配だ。

「ヘンリーさんは、どうしてこんな場所にいるのですか。具合が悪いのなら、誰か人を呼びましょう」

しかし、ヘンリーさんは慌てた様子で私に声をかける。

「お気になさらないでください。いつもの目眩《めまい》と貧血なので慣れています」

「た、大変……！　目眩に貧血……!?」

なんということだろう……!!

それは、私とは無縁な病気だった。対処の方法もわからない。

「と、とりあえず、屋敷に運ぶべきよね。ここから近いし……うん、そうしましょう」

さっさと結論づけ、ヘンリーさんを「よいしょ」と肩に担ぐ。

若干引きずり気味だけれど、道に置いておくよりはいいだろう。「力持ち」なのは、ナゼル様のお墨付きだ。

（実家で、いつも重いドレスを着ていたからかしら。古くさいドレスも、悪いことばかりではないのかも。二度とご免だけど）

ヘンリーさんは弱々しく抵抗しているが、私はびくともしない。

「アニエス様!?　おやめください」

必死に私を止めようとするヘンリーさんを引きずりつつ、私は屋敷に戻った。

屋敷へ着くと、ケリーが出迎えてくれる。

「おかえりなさいませ、ご無事でなによりです。アニエス様……そちらは？」

「拾っちゃった」

ケリーが小さく悲鳴を上げ、彼女にしては珍しく、大慌てで客室を整えに走る。幸い、掃除は済んでいたようだ。

ぐったりしたヘンリーさんをベッドに寝かせていると、ナゼル様もやってきた。

「アニエス、これは？」

私たちのいる部屋を訪れたナゼル様は、ベッドに寝かされているヘンリーさんを見て微妙な顔になる。

「……ヘンリーが、どうしてうちの屋敷に？」

「道で倒れていたので、拾いました。目眩と貧血だそうです」

「動かさない方がよさそうだね。ご家族に知らせて、医者を呼ぼう……こういうとき、人手が足りないのが痛いな」

たしかに、誰にも頼めないのは不便だ。

「俺が出るから、アニエスはヘンリーを見ていてあげて？」

「わかりました！　ナゼル様、暗くなってきたので、お気をつけて」

「うん、すぐ戻るから」

ヘンリーさんの家は職場の近くだという。医者の家もそれほど遠くないのでよかった。

しばらくすると、ナゼル様が医者を連れて帰ってきた。

診断では働き過ぎによるものだと言われ、ヘンリーさんは数日の療養を言い渡される。

しかし、本人は納得しておらず、隙あらば起き上がろうとした。

「駄目です、私は仕事を休むわけにはいかないのです」

ベッドから抜けだしては地面に膝をつくヘンリーさん。そのたびに、私とナゼル様とで彼を抱えて戻す。

「ヘンリーさん、ご家族にも連絡しましたから、しっかり休んでください。顔色も悪いですよ」

「違います、これは生まれつきです」

「じゃあ、なおのこと無理は禁物です。お医者さんが血の巡りを良くする薬を出してくれましたから、ご飯を食べたあとで飲んでくださいね。『花モグラ亭』のシチュー、おいしいですよ」

私たちも、揃って食事を済ませた。

「そうだ、ナゼル様。お願いしたいことがあるんです」

「何かな？　アニエスのお願いなら、なんでも叶えてあげたいけれど」

「使用人を雇いたいのですけれど、それに当たってケリーを侍女頭にしたいんです。彼女なら気心も知れていますし」

普通なら、貴族ではないケリーは、私の侍女になれない。

でもまあ、ここは辺境だし、他に侍女のなり手もいないので、ナゼル様さえ許可してくれれば、彼女を侍女にするのが可能なのだ。

「ケリー本人は、いいと言っているのかな？」

「平民だからと遠慮していますが、私がどうしてもと伝えたら折れてくれました」

「なら、問題ないよ。俺はアニエスの意思を尊重したい」

「ありがとうございます！　近々、他の使用人の採用面接も行いたいと思います」

「屋敷のことを、任せきりにしてしまってごめんね」

「いいえ、私はナゼル様の妻で、スートレナの領主夫人ですから」

きっかけは国王陛下の命令であっても、そうなったからにはしっかり役目を果たすつもりだ。

答えに満足したのか、ナゼル様が嬉しそうな表情を浮かべた。

翌日、ヘンリーさんは回復したが、まだ無理は禁物なので屋敷にて簡単な仕事をしてもらう。苗の視察の日程を早めたのだ。

ナゼル様が彼を庭へ案内し、苗について詳しく説明する。

ヘンリーさんは、ひたすら驚いており、苗については実用化の方向で話が進んでいるようだ。二人でいろいろ話している。

「……となりますと、食料事情は助かります。ただ、今まで危険を承知で敢《あ》えて海や山に入り、食べ物を取ってきた者たちから不満が出るでしょう。彼らの商売は、あがったりでしょうから」

「そういった者たちのおかげで、なんとか飢えをしのいでいたわけか」

「はい。それを専門に、商売をしている者がいるのです。もちろん、危険が伴うぶん、商品の値段は跳ね上がりますが」

「補償は必要だな。苗から採れる作物の収穫権の一部を与えるか……」

話が進みそうな気配がし、私とケリーは彼らの後ろで顔を見合わせる。

「それにしても、スートレナ領内で、ここまで苗が大きく育つとは」

「私だけの力じゃない。アニエスに協力してもらったんだ。他の場所に植えるにしても、彼女の協力がいる」

「奥様の協力？　もしかして、彼女の魔法と関係があるのですか？」

「ああ、アニエスの魔法は、苗の成長を促進させるみたいなんだ。私とアニエス、二人が揃って初めて作物を育てることができる。一度苗が育ってしまえば、追加の魔法は必要ない」

「わかりました、話を詰めましょう」

「ああ、この屋敷にいるうちに、進めてしまいたい。それと、私で肩代わりできる業務があれば投げてほしい。君の負担が減るはずだ」

微妙な距離感の二人だけれど、これを機に、ヘンリーさんがナゼル様に心を開いてくれるといいな。

手持ち無沙汰なので庭の花壇を強化しつつ、私はそんなことを思った。

そして数日後、ヘンリーさんは復活し、ナゼル様と一緒に領地改革の話を進めていた。顔色も少しマシになり、明日には砦に出勤できそうだ。

（二人は互いを仕事のパートナーとして認め合ったみたい。さて、私たちも頑張らなきゃ。今日は使用人の面接があるもの）

メイド服に着替えた私はケリーと一緒に屋敷の扉を出て、門前に集まった応募者を迎えに行く。

面接をするにあたり、人となりを重視したい私は、メイドに扮《ふん》して採用面接に臨むことにした。

なので、今日の私はメイド頭、ケリーは侍女頭という設定になっている。

このメイド服姿は、なぜかナゼル様に「可愛い」と好評だ。

（ああ、緊張する）

門の外には、面接を受けに来た人たちが揃っているはず。

「ケリー、いよいよ面接ね」

「そうですね、アニエス様。使用人候補の方々は、集まってくださるでしょうか」

「わからない……けれど、今やれることはやったもの。あと私たちができることは、しっかり見極めて採用するのみ！」

二人で門を出ると、朝早い時刻にもかかわらず、思ったよりも多くの人が集まっていた。

（条件の良さが効いたのね）

今回募集をしている使用人は料理人とメイドと庭師で、今後は徐々に他の職種も募集していきたいと考えている。

私は面接を受けに来た人々に向けて挨拶をした。

「お待たせいたしました。本日はお集まりくださり、ありがとうございます。これから、使用人の採用面接を行いますので中へどうぞ」

一次面接は職種ごとにざっくり自己紹介してもらい、二次面接で人となりを探っていく。

集まったのは、メイド志望の十六名ほどだった。料理人と庭師の志望者はいない……残念。

掃除を終えた空き部屋二つを、控え室と面接室にし、それらしく整えておいたので、そこに四人ずつ入ってもらう。

「ではまず、一人目の方から、自己紹介をどうぞ」


私とケリーは、並んで面接官用の席に座る。すると、向かって右端の女性が話し始めた。

「モッカです、森で薬草採取をしていました。十八歳、家事と簡単な調薬ができます」

「パティーです、実家は牧畜業をしています。十六歳、家事と家畜の世話ができます」

「メイーザです、食堂の厨房で働いていました。三十二歳、料理が得意です」

「ローリーです、主婦をしています。四十歳、子守と家事ができます。メイドの経験があります」

それぞれに簡単な質問をしていくけれど、どの人も悪い感じはしない。

メイーザは料理人としても雇えそうだ。全員一次通過。

「よし、二組目の人たちを呼びましょう」

「かしこまりました、アニエス様」

二組目も一組目と同様に順調にいくかと思いきや、一人だけ不機嫌な女性が交じっていた。

派手な服に、派手な髪型。周りから明らかに浮いている。

「ちょっとぉ、いつまで待たせる気なのよぉ！」

かなりご立腹なので、とりあえず謝っておく。

「お待たせして、申し訳ございません」

「本当に気が利かないメイドね、私は侍女希望なのよ？　他の応募者と待合室を分けてもらいたいくらいだわ」

侍女は高位の女性に個人的に仕え、雑用や身辺の世話をする仕事だ。うちではケリーがメイドと兼任していた。

下級使用人や訪問先の他家の使用人からは「お嬢様」と呼びかけられるなど、使用人に対しては女主人と同等の優位を保っているし、事実貴族の娘が侍女をしていることも多い。「侍女希望」と公言するくらいなので、彼女はいいところの娘さんのようだ。

（でもこれ、メイドの採用面接なんですけど？）

侍女の募集はかけていないので、強引に押しかけられても困る。

ケリーが侍女頭になったので、今は人数が足りているのだ。

「本日は侍女の募集はしていませんが」

そう告げると、女性は「わかっているわよ！」と返してきた。

こっちは、わけがわからない。

「領主夫人の侍女っていないんでしょ？　だから、私がなってやろうって思ったのよ」

彼女はずいっと歩み寄り、高慢な口調で告げる。

「いいえ、こちらに侍女頭がおりますので」

ケリーが侍女に昇格したのは最近なので、女性の持っている情報が古いのかもしれない。

「侍女頭って……あんた、貴族なわけ？」

問われたケリーは正直に「平民です」と答えている。

すると、女性はさらに強気な態度で喋り始めた。

「じゃあ、これからは男爵令嬢の私が侍女頭ね！　奥様は、王都では『芋くさ令嬢』なんて呼ばれていたんでしょ？　私が来たからには、少しはマシになるんじゃないかしら？　元が芋じゃたかが知れているだろうけど。アハハ！」

「……そ、そうですか」

女性の勢いにおののきながらも、私はメイド頭の演技を続ける。

「ここの旦那様って超イケメンじゃない！　私、愛人狙いなのよねっ！　芋くさ女をダシにして、お近づきになるつもりよ」

衝撃的なカミングアウトを前に、私は言葉を失ってしまう。

（ナゼル様が目当てなの？）

たしかに辺境へ来る前、ナゼル様に好きな人ができたら出しゃばらず、大人しく身を引こうと考えていた。でもいざその状況が訪れた今、それを嫌だと思う自分がいる。

（あれ、もしかして……）

これまでの、ナゼル様と共に過ごした心地良い日々。実家では感じたことのなかった穏やかで優しい時間。

辺境にいる僅かな期間で、私はナゼル様への気持ちを募らせていた。

（私、ナゼル様のことが好きなんだわ。愛人を迎えたくないくらいに）

動揺する私を気遣って、ケリーが淡々と女性に対応してくれる。

「先に、この場にいる全員の自己紹介をお願いします。そういう決まりですので」

「平民風情が偉そうに！　あんた、私を落としたら、ただじゃ済まさないわよ！」

「奥様には、きちんとお伝えしますから、自己紹介をお願いします」

伝えるも何も、ここにいるのだけれど、今の私はメイド頭なので黙っていた。

「フン！　いるのは平民ばかり。私が侍女に選ばれるに決まっているわ」

「自己紹介をお願いします」

ケリーが真顔で二回リピートした。どんなときでも冷静な顔ができる彼女はすごい。

「レベッカよ、キギョンヌ男爵家の三女。十九歳」

他の応募者はドン引きしているけれど、戸惑いながらレベッカに続く。

「ネーリスです、家事見習い。二十七歳です」

「マリリンです、酒場勤務。三十歳、給仕をしています」

「モーリーナです、猟師。三十七歳、狩りと肉の解体、掃除が得意です」

二組目のメンバーの面接を終えたが、レベッカ以外が萎縮してしまって可哀想《かわいそう》だった。

同じ調子で、三組目と四組目の面接も問題なく完了する。

「お疲れさまですアニエス様、次は二次面接ですね。まずは、一次の合格者を発表しましょう」

頷いた私は、合格者を読み上げようとし……ふと、扉の向こうに目を向けた。

（あ、あれ……？）

小さく開いた扉の隙間から、ナゼル様とヘンリーさんが、こちらを覗《のぞ》いている。

（心配して、様子を見に来てくれたのかしら。少し恥ずかしいわね）

気合いを入れ直し、私は合格者の名前を読み上げる。

合格者は二次面接に進み、不合格者は帰ってもらう予定だ。

「メイド採用試験の一次合格者はモッカ、パティー、メイーザ、ローリー、マリリン、モーリーナ、ミニー、パンジーです。合格者の方は二次面接がありますので、この部屋に残ってください。名前を呼ばれなかった方は、今回はご縁がなかったということで……」

「ちょっと！　どういうことよ！」

話を遮って、ずんずん私に近づいてくるのは、男爵令嬢のレベッカだった。先ほども思ったのだけれど、圧がすごい。

「ねえ、私は？　侍女に採用されるのよね？」

「今回はメイドの募集ですので、侍女は採用しません」

「ふざけないで、メイドの分際で私に指図するんじゃないわよ！　いいから、さっさと私を侍女にしなさい！　私はキギョンヌ男爵の娘、レベッカなのよ!?」

（えー……そんなことを言われても、困るんですけど）

話が通じなすぎて、私はげんなりした気持ちになった。

「何度も言うように、それはできかねます」

「お黙りなさい。さっさと、芋くさ女に会わせなさい！　だいたい、私がわざわざ来てやったのに、顔も出さないってどういうことなのかしら？　見た目も芋なら、脳みそも芋なのね」

脳みそが芋という言葉は、生まれて初めて聞いた。

（ああ、もう、どうしよう）

レベッカに引く気はないようだ。

「グズなメイドね！　言うことを聞かないと、こうよ！」

私に向かって大きく片手を振り上げるレベッカ。

ぶたれると思い、とっさに目を閉じる。

（大丈夫、お父様ほどの威力はないはず）

けれど、いつまで経っても衝撃は訪れない。恐る恐る目を開けると……、
そこには、腕を振り上げたままの体勢で固まるレベッカと、私を庇《かば》うようにして立ち、彼女の手首を摑むナゼル様がいた。

「応募者とはいえ、この屋敷での暴力沙汰は見過せないよ」

「あっ……あなた様は……」

ナゼル様の顔を見たレベッカは目を見開いた。彼が誰だか見当がついたのだろう。

しかし、彼女は反対の手で私を指さし言葉を続ける。

「そこのグズなメイドに仕置きしてやったのです！　平民の分際で私に向かって偉そうに指図するなんて、今すぐクビにすべきです！　ねえ旦那様、私を侍女として雇ってくださらない？　きっと、ご満足いただけますわ」

レベッカは長く黒い睫毛《まつげ》をバシバシと瞬かせ、上目遣いでナゼル様を見つめている。

(私への態度と違いすぎるんですけどー)

ナゼル様は琥珀色の瞳に冷たい光を宿し、レベッカを見下ろした。

「悪いけど、君を侍女にはできない」

「なっ……どうしてですの！　あんな平民より、私を侍女頭にするべきですわ！」

今度はケリーを指さして叫ぶレベッカ。対するナゼル様は冷静だ。

「どんな立場であれ、簡単に他人に手を上げる人物は信用できないんだ。妻を侮辱する人物もね」

自分の「芋」発言を聞かれていたと知ったレベッカは、僅かに動揺し始める。

しかし、すぐに持ち直し、体をくねらせながらナゼル様に訴えた。

「私、奥様よりも旦那様を満足させる自信がありますわ。ですから、お傍に置いてくださいませ」

「お断りだよ。私は妻だけを愛しているんだ」

ナゼル様が即答し、大事そうに私を抱きしめる。

（ひゃぁああ！……じゃなくて）

メイドを抱きしめる領主なんて、明らかにおかしい。

事情を知らない他の面接者の皆が、めちゃくちゃ戸惑っている。

「ちょっと、ナゼル様」

「ごめん、アニエス。俺がもう限界なんだ。君が傷つけられるのを、これ以上見ていられなかった」

アニエスという名前を聞き、面接に訪れた人々が動揺している。「アニエスって……奥様と同じ名前では？」、「もしかして……」などという会話も聞こえてくる。

――完全にバレた。

一番取り乱しているのは、目の前のレベッカだ。

（よりにもよって、ナゼル様の目の前で、私《妻》を引っ叩《ぱた》こうとしちゃったものね）

現行犯なので、言い逃れもできない。

「う、嘘よ……なんで、メイド頭が領主夫人なのよ……そんなの、知らないわ。ぜんぜん、噂と違うじゃないの！　私は、悪くない！」

青い顔で後退するレベッカにナゼル様は冷たい声で言った。

「君は不採用だ。キギョンヌ男爵の名前は知っているよ、近々挨拶に伺おうと思っていたんだ。資金繰りで気になる点があってね」

先ほどから今まで見たことがないくらい、ナゼル様が酷薄な表情を浮かべている。

顔が整っているだけに、余計に迫力があった。

そんな中、無表情のケリーがレベッカの前に進み出て、そそくさと今いる部屋の扉を開ける。

「お帰りは、こちらからどうぞ」

ヘンリーさんより青い顔のレベッカは、よろよろと力なく扉を出て帰っていった。

メイドの採用面接は、初っぱなから波乱続きだ。

しっかり面接官を務めようと思ったのに、いろいろと台なしである。それに——

「あのぅ、ナゼル様?」

「何かな、アニエス」

私を庇って抱きしめたナゼル様は、まだ腕を離してくれないままだった。

「これから二次面接がありますので……そろそろ、腕を解いてもらっていいですか?」

「ああ、ごめんね。可愛いアニエスがあんな目に遭っているのを見て、つい……」

ナゼル様は、いちいち言う内容が甘々だ。

(さっき、ナゼル様が好きだって完全に自覚しちゃったから、距離の近さに気が遠のきそう〜)

メイド志望者たちがこちらをまじまじと見ているので、余計に気恥ずかしかった。

「アニエス、邪魔はしないから、面接の続きを一緒に見守らせて？　心配なんだ」

耳元でお願いされた私は、コクコクと首を縦に振ることしかできない。

（ナゼル様、美声なのよね）

気を取り直して……二次面接をスタートさせる。

（特に問題がなければ、これでメンバーを決めよう）

順番にメイド希望の人たちを別室に呼ぶのだけれど、面接官の席にはナゼル様と……なぜかヘンリーさんが増えた。

ナゼル様がこちらに来てしまったので、彼も手持ち無沙汰だったみたいだ。

面接官が急に二人増え、メイド志望者もオロオロしている。

「ええと、最初はモッカさんですね。改めまして、スートレナの領主夫人、アニエスです。さっきは、メイド頭だと騙《だま》してごめんなさい。あなたたちの普段の姿が見たかったの」

それが、まさかあんな修羅場になるなんて予想だにしなかった。

「家事は、どのようなことをしていましたか？　調薬はどの程度できる？」

「料理、洗濯、掃除をしていました。傷薬と胃腸薬、できものの薬、化粧水なんかも扱います。実家は薬草採取を生業《なりわい》にしています。でも、ここのところ魔獣が増え、森には入れなくて……」

少しでもお金を稼ぐため、モッカは別の業種で働こうと決めたらしい。

次に、ナゼル様が質問する。

「魔法の種類と、ご実家の場所は？」

「私の魔法は乾燥です。と言っても魔力が少ないので、乾燥できるのは一日に少量だけで、薬草と食べ物が乾くくらいです。実家はストレナ領の東にある森の近くですので、できれば住み込みを希望します」

なるほど、求人票には通いでも住み込みでもいいと書いてある。

たまたま街へ薬草を売りに来ていたモッカは、偶然求人票を目にしたのだとか。

「わかりました。結果は最後に発表しますので、別室へ移動してください」

ちなみに、不合格の場合は「結果は後日お知らせします」と伝え、控え室を通らず、裏口から帰ってもらうことになっている。

レベッカは強烈すぎたけれど、あとのメンバーは常識的だ。次のパティーも無事に面接を終えた。

続いて食堂で働いていたメイーザが入ってくる。彼女の経歴を見た私は、駄目元で質問してみた。

「料理が得意らしいですが、メイドではなく料理人として働きませんか？」

「えっ？」

メイーザは面食らった様子で瞬きする。

「ですが、私は雇われの身でしたし、作れるのは庶民の食堂で出る家庭料理ですよ？　お貴族様の口に合うものではないかと」

「ちなみに、どこの食堂に勤務していたのですか？」

今度はヘンリーさんが口を出した。

（すごく面接官ぽいけれど、あなた、うちの屋敷の人じゃないでしょう……？）

しかし、ヘンリーさんはもっともらしい顔をしていて、この中で一番面接官らしく見えてしまう。

「砦の近くの『青い野いちご亭』です」

「今話題の超人気店じゃないですか、昼時にはいつも列ができていますね。私もよく利用しますが味は素晴らしい！」

「……ありがとうございます」

メイーザが困惑気味に答えたのを見て、私は彼女の面接を締めくくる。

「わかりました。結果は最後に発表します」

残りのメンバーの面接も終え、私たちは合格者の待つ別室へ移動した。

「お待たせしました。今回メイドとして採用するのは、ここにいるモッカ、ローリー、マリリンです。メイーザは料理人の仕事でよければ採用します」

ローリーは子持ちで通い勤務希望。マリリンはシングルマザーで住み込み希望だ。

モッカも家が遠いので、住み込みの許可を出す。

迷っていたメイーザは、料理人での採用を承諾してくれた。

どうなることかと思ったが、ナゼル様たちの協力もあり、採用面接はひとまず無事に終了したのだった。

※

翌週からメイドたちが屋敷にやって来た。ナゼルバートも諸々の準備を手伝っている。

前領主の噂もあり、彼女たちはまだ領主一家を警戒している。

街で耳にした噂では、前領主は使用人への暴行は当たり前、労働の内容も厳しく、賃金も出し渋っていたという。

（ここでは、そんな真似はしないが）

その点に関しては、追い追い、わかってもらうしかないだろう。

新人教育は、侍女頭のケリーが担当だ。

使用人を教育できる人材が一人しかいないこともあり、最初に採用するメイドは少数にした。彼女たちが仕事に慣れてきたら、徐々に増やしていく予定でいる。

モッカは掃除・庭部門、マリリンは厨房・給仕部門、ローリーは洗濯部門のリーダーにするらしい。ただ、今は人数が少ないので、全員で協力して仕事にあたっていた。

メイーザには、様々なレシピを覚えてもらう予定だとアニエスが言っている。

幸い前の領主がグルメだったため、レシピ本は屋敷にたくさんあった。

新しく採用したメンバーは、皆テキパキと働き、屋敷がどんどん綺麗になっていく。

ナゼルバートは様変わりした廊下や玄関に驚きを隠せずにいた。

来た当初は不気味な置物だらけだった屋敷だが、スッキリと片付き、整理された部屋が増え続けている。

さらに、どこで手に入れたのか……ケリーが選んだ、使いやすくセンスのよい家具が客室を中心に置かれ始めた。

商人のベルという人物に融通してもらったらしい。彼には不用品の引き取りなどでも世話になっているようだ。

まだ人手が足りないので、アニエス自身がメイド服に着替え、掃除をすることもあり、ときには近くに買い物にも出かけている。

本人曰く、メイド服なら気軽に外出ができるということだが、似合いすぎていて心配になる。

何事にも一生懸命で少々お人好《ひとよ》しな彼女は、街の男たちに大変人気なのだとケリーが教えてくれた。

実家から離れて生活が改善したためか、アニエスは日に日に健康的で美しくなっていく。

それも一因だろう。

(よその男に目をつけられないだろうか)

メイドの採用と併せて、なぜか、ヘンリーも屋敷に出入りするようになってしまった。

もちろん、仕事あってのことだ。

彼の協力もあり、キギョンヌ男爵を始めとした不正まみれの小貴族も裁けた。

今までは身分の問題もあって、証拠を摑んでいてもヘンリーだけでは彼らを追い落とすことが不可能だったとか。

だが、彼の一番の目的は、うちの料理人の昼食だとわかっている。

ヘンリーの行きつけの店で働いていたメイーザが、この領主の屋敷で料理人をしているのだ。

うちで仕事をすると、もれなく彼女の昼食がついてくる。

仕事一辺倒で生真面目な男に見えたヘンリーだが、グルメで気ままな部分もあるらしい。

一緒に食事をとりながら、最近の出来事などについて彼と話をする。

その間、アニエスは、厨房でメイーザにジャム作りを教わっていた。

以前、本を見て挑戦したが、鍋を焦げ付かせるだけの結果になってしまったからだ。

（それはそれで、可愛いのだけれど）

妻と一緒にいたいが、仕事が押しているのでそうもいかない。ナゼルバートは、ヘンリーと共に領地の現状を確認するなどの仕事を続ける。まだまだ、やることがたくさんあるのだ。

「ナゼルバート様。今年に入ってから、家畜用の……特に騎獣用の柵が魔獣に壊される被害が続いております。予算や人出不足の関係から、修復が追いついておりません」

「原因は、柵の老朽化かな？」

「それもあるのですが、一度家畜の味を覚えた魔獣が、森で狩りをするより人里で柵を壊した方が効率よく獲物を手に入れられると学習し、以前よりも頻繁に現れるようになってしまったんです」

「なるほど、ストレナの柵は木でできたものが多いんだったね。王都で使われるような金属の柵があればいいけれど……問題は予算か。この領地、資金不足だからな」

前の領主の贅沢のせいで、資金面は火の車。そちらの対策も現在同時進行中だ。

「おっしゃるとおりです、ナゼルバート様。我々も丈夫な柵が手に入るよう動いてはいるのですが、行き渡らせるには数が足りず」

「なるほど。それなら、私とアニエスでなんとかできるかもしれない。被害の深刻な場所をリストアップしてくれる？」

「はい。かしこまりました」

ヘンリーとの仲が改善するにつれ、ナゼルバートは砦でも受け入れられるようになった。以前ほど、居心地は悪くない。

食後、書類を片付けて庭に出ると、畑の前に笑顔のアニエスとヘンリーがいた。

ジャム作りを終えた彼女は続いて作物の調査をしていたようで、クルクルと畑の周りを動き回り目を輝かせている。

「……というわけで、ヘンリーさん。魔法で強化をしすぎたら、とても堅い野菜ができちゃったの。こちらは食べられそうにないですよね」

アニエスはヘンリーに、引っこ抜いたばかりのつやつやした巨大な蕪《かぶ》を見せている。

「他に使い道があるかもしれません。探っていきましょう」

「ところで、ヘンリーさんの魔法って、なんですか？」

「私は物質の色を変えることができます。役には立ちませんよ。素材はそのままで、変えられるのは色だけですから」

「それなら、うちの家の壁を魔法で変えていただけないですか？　前の領主の趣味か、どうしようもない壁や床が多いんです。原色や金色が入り乱れて、ゴテゴテ、ギラギラしていて」

「それは落ち着かないですね。空いている時間なら、お力になりましょう」

作物の話から、我が家のリフォームの話になってしまった。

辺境へ来るまでのアニエスは他者との関わりが少なく、実家の方針の弊害で同年代の令嬢たちと話が合わず、社交界で避けられがちだったのだ。

だからここへ来て、いろいろな相手と話せるのが嬉しいようだ。ヘンリーも道で倒れていたところを助けられてから、アニエスには甘い。

「本当に、ナゼルバート様とアニエス様は、噂とはまったく違う方々ですね。真実を見ずに惑わされていた自分が情けない」

「噂……？」

「ええ、こちらには『罪を犯し、王女殿下に婚約破棄された人物と、彼を庇った醜い令嬢』との知らせが来ておりましたので」

ナゼルバートは思わず体をこわばらせた。アニエスに聞かせるような話ではない。

けれど、当のアニエスは不思議そうに首を傾げてヘンリーに答えた。

「それ、デマですよ。私のことはともかく、ナゼル様に関してはまったくの嘘っぱちです。王族の醜聞を避けるために流された噂でしょうね」

「やはり、そうでしたか」

「表では大きな声で言えませんが、全ては王女殿下の身勝手な行いが原因で、ナゼル様は一方的な被害者なのです。城からの書簡は検閲が入りますので、おそらく王族に都合のよいように書き換えられていたのでしょう」

「納得がいきました。ありがとうございます、アニエス様」

じっと観察していると、不意にアニエスがナゼルバートの方を向く。

気づかれてしまった。

「ナゼル様！　書類のお仕事は終わりましたか？」

花のような笑みを浮かべ駆け寄ってくるアニエスが可愛くて、思わず両手を伸ばして抱き寄せると、驚いた彼女は真っ赤な顔で慌て始めた。箱入りのアニエスは、男性への免疫が皆無なのだ。そして貴族令嬢にもかかわらず、どこまでも強くたくましい。

（そんなところが、いい！）

アニエスと一緒にいると、全てがよい方向に回り出しそうな気さえする。

今となっては、婚約破棄されたことに感謝したくなるナゼルバートだった。

※

辺境スートレナでは、少し前から領民の生活が劇的に改善された。

特に顕著なのが食料事情で、これには王都から追放された、新しい領主夫妻が大きく関わっている。彼らの屋敷にメイドとして採用されたマリリンは、買い出しのついでに街の様子を見て回った。

通りはどこも活気づいている。

かつて、この辺りには、いつも暗い雰囲気が漂っていた。

魔獣の被害、重税、領主の横暴……人々は終わらない苦難の日々にただ耐え続けていた。

それは、マリリンも一緒だ。

壊れかけの木造家屋とも呼べない小屋で幼子を抱え、酒場の給仕として毎晩安い賃金で働いていたが、とうとうクビになった。

いつも馴《な》れ馴《な》れしかった酒場の主人が、一向になびかないマリリンに腹を立て、店を追い出したのだ。

夫は蒸発してしまい、子供と二人の極貧生活。

そんな中、藁《わら》をも掴む気持ちで「領主の屋敷でのメイド募集」の面接に参加した。

かつての酒場の同僚に子供を預けて向かったものの、条件面で圧倒的に不利だという現実はわかっていた。なのに……。

「合格だなんて」

しかも、家賃を払わずに、子供共々屋敷で生活することが許されたし、休憩時間には一緒に過ごすこともできる。

現在は侍女頭のケリーに教えを乞いながら、メイドの仕事を覚えている最中だ。

マリリンが最初に任された仕事は、食材の買い出しと、料理人のメイーザの補助、そして食事の際の給仕係だった。

それにしても、どうして自分が採用されたのだろうかと疑問に思う。

（もっと若くて、子連れではない子もいたのに）

同僚のローリーも同じ考えを持っていたようだ。彼女も既婚者で子供がいるし、一度職を辞して家庭に入っている。

ローリーは「生活に困っている人間から引き取ってくださったのでは……？」と、話している。

彼女の言葉を聞いたマリリンも、そんな気がしてきた。

マリリンが買い物をしていると、店の人が気さくに声をかけてくれる。

「おや、新しいメイドさんだね。仕事は大丈夫かい？　他の子たちは平気と言うけれど、前の領主の件もあって心配で……」

行く先々で、同じことを尋ねられるので不思議だ。

だから、マリリンは、いつも笑顔で答えるようにしている。

「大丈夫。旦那様も奥様もお優しいし、侍女頭も公正な方なの。お給料もいいし、こんな素敵な職場、他にはないわ」

その後、領主の屋敷の使用人は大人気職種になるのだが、それはまた別の話。

4 芋くさ令嬢、パーティーでお披露目される

現在、私は辺境スートレナの村へ、ナゼル様と一緒に視察に向かっていた。

今回は領地の中心部ではなく、少し外れた場所を青いワイバーンに乗って回り、砦《とりで》や屋敷の建つ街を離れて東側の村を目指す。

眼下には、家畜や騎獣の放牧地が広がっていた。畜産業を営む者がたくさんいるのだ。

放牧地の向こうには魔獣の生息する森があるので、ここも被害が多い場所である。

村の中は家や柵の一部が壊されているなど、ところどころに魔獣の爪痕が残っていた。

「森と放牧地ばかりですね、ナゼル様」

「畑がないのはデズニム国ではスートレナくらいだよね」

国の南側に位置するスートレナは比較的温暖な気候で、作物は実りにくいが雑草はたくさん生えている。つまり牧草ならよく育つのだ。

ナゼルバート様は現在、土そのものを改良する植物を開発中。

私たちが訪れたのは騎獣の天馬を生産する、とある村だった。

近頃魔獣被害が多く、騎獣が襲われる事件があとを絶たないのだとか。

騎獣は貴重なため高値で取り引きされるが、育てるのにもかなりの手間と金がかかる。

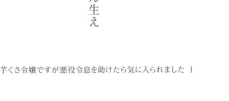

国や貴族との取り引きもあるので、これ以上領地の大事な収入源の被害を増やすわけにはいかない。

「よしよし、運んでくれてありがとう。ワイバーンちゃん、いい子でしゅねー」

ワイバーンが地上に舞い降りると、村人が総出で私たちを出迎えてくれた。

（それにしても、ワイバーンから降りるたびにナゼル様に抱き留められるのは恥ずかしいわ。騎獣にも慣れてきたし、そろそろ普通に乗り降りできると思うのだけれど）

ずらりと並ぶ天馬用の柵は木製で、空から脱走しないよう目の細かい網が天井についている。

だが、森に住む魔獣に壊されたのか、損傷した箇所がいくつもあった。

柵を眺めながら、村人の一人が口を開く。

「昔は物質軽量化の魔法を使える奴《やつ》がいて、なんとか柵を修理していたんだが、歳《とし》をとってしまって代わりもいないんだ。その後も、柵の補修に役立ちそうな魔法を扱える奴は現れずで……この村も老人ばかりで手が足りないし、かといって人を雇う金もなく」

可能な限り修復を続けたが、柵自体も老朽化しているため、直した端から壊されて修理が追いつかないのだとか。

「それで、領主様、もっと頑丈な柵が手に入るというのは、本当なのですか？」

「ああ、私と妻で今日中に村の柵の補修にあたる。もちろん、厩舎《きゅうしゃ》も」

というわけで、さっそくお仕事だ。

ナゼル様が魔法で改良した丈夫な植物を柵の周りに植え、私が物質強化の魔法をかける。

「強く大きくなぁれ！」

蔓《つる》状の植物がぐぐっと空へ向かって伸び、網目状の柵を形成していく。葉が少ないので日の光も入り込み、風通しもよい柵のできあがりだ。

同じ手順であちらこちらの柵を強化し、昼過ぎにお仕事は完了した。

そうして、数日かけて各所を回り、私たちは屋敷へ帰ったのだった。

玄関に入ると、ケリーや使用人の皆が笑顔で出迎えてくれた。屋敷も見るたびに綺麗《きれい》になっている。

「ナゼルバート様、王都より、お手紙が届いております」

ケリーが持っていた封筒を渡すと、ナゼル様の表情が僅かに曇った。

「……これは、王家の」

小さく呟《つぶや》くと、ナゼル様は私の手を引いて仕事部屋に向かう。首を傾《かし》げながらも、大人しく彼についていくことにした。

仕事部屋も綺麗に片付けて使えるように変わっている。もともとは、大量にある謎の像の置き場だったのだ。

デフォルメから裸像まで、同じ人物の像ばかりだったので、私とケリーは「もしや、前の領主なのでは？」と、噂《うわさ》していたのだけれど。

ナゼル様に相談すると、「目の毒だ」と、像を売り払うまでの間、私はその部屋に立ち入り禁止になってしまった。

（素材が金ぴかだから高く売れたっけ）

ナゼル様は手早く封筒を開けて手紙に目を通す。無言だけれど彼の表情が、なんとなく冷たく感じられた。

「アニエス、君にも関係があるから、不本意だけれど内容を伝えるね」

「はい」

そんな前置きをされると聞くのが怖いけれど、ぶんぶんと首を振って自分に喝を入れる。

「第二王子からガーデンパーティーの招待状が来た。夫婦で参加するようにとのお達しだ」

「パーティー？　言っちゃなんですけど、私たちを呼んでしまってもいいのでしょうか？」

実際は無実といえど、王都でナゼル様は罪人扱いだ。彼をパーティーに招待しては、国王の不興を買うのではと心配になる。

（でも主催者が第二王子だし……これは、もしかして）

顔を上げた私は、ナゼル様に考えを伝えた。

「王女派と第二王子派で、しっかり派閥ができちゃった感じですか？　第二王子、今までは王位に無関心みたいでしたけど」

第二王子は権力争いに関わりたがらず、存在感を消している印象が強い。

彼の婚約者を探すパーティーに参加した際も、力を持たない男爵令嬢と一緒にいた。

（お気に入りの子かと思ったけれど、進展はないし……そういう意味だよね）

アダムスゴメス公爵令嬢が婚約者の最有力候補ではと言われていたが、お互いにそれほど親しくはなさそうだった。

（公爵家は王妃の意見もあって、第二王子と距離を置いているのかも）

王妃は自分の血を引かない子供を嫌うので、第二王子を取り込むのは避けたみたいだ。

「第二王子は誰かに焚《た》き付けられたのか、それとも別の意図を持っているのか……いずれにせよ、会ってみなければなんとも言えないね。場所は王都ではなく、知り合いの貴族の屋敷みたいだよ」

「ナゼル様は、パーティーに参加されるのですか」

「さすがに、王子の招集は無視できないからね。アニエスは無理をしなくていいよ。参加者の中には、君が会いたくないだろう人物もいるし」

「いいえ、ナゼル様が向かわれるなら、ご一緒します」

パーティーへ行って肩身の狭い思いをするのはナゼル様も同じなのだ。自分だけ逃げるなんて卑《ひ》怯《きよう》な真似《まね》はしない。

「私は、ナゼル様の妻ですから」

微笑《ほほえ》むと、ナゼル様は立ち上がり、椅子の後ろから私をギュッと腕の中に閉じ込めた。

（……最近、抱きつき多くない？）

※

整然と並ぶ木々に風に揺れる花々、刈ったばかりの芝生に置かれた真っ白なテーブル。その上にはおいしそうなケーキやフルーツが載せられている。

人でいっぱいの屋敷の庭は、お洒落《しやれ》な服装の楽しそうな人々で溢《あふ》れていた。

「うう……気後れする」

会場の入り口から中をのぞき込んだ私は、小さく身を震わせる。

そう、ついに第二王子主催のパーティーの日が来たのだ。

会場はストーレナ領と王都の中間。よりにもよって、私をこっぴどく振った伯爵令息の家だった。

あのあと、貴族令息は、当時の会場で始終一緒にいた令嬢と結婚したらしい。

(私が盛大に振られた場所だと知らないから仕方がないけれど、嫌だなあ)

固まっていると、ナゼル様が声をかけてきた。

「大丈夫かい、アニエス。馬車で休んでいてもいいんだよ？」

「いいえ。平気です、ナゼル様」

この日のために、ケリーが素敵なドレスを選んでくれたのだ。

オーダーメイドは間に合わなかったけれど、以前の姿に比べれば百倍マシ。

自分の見た目に自信はないが、ケリーの腕は信用できる。

（芋くさ度がいくらか減った姿を見せて、ナゼル様の汚名を少しでもそそがなきゃ）

今の彼は、「醜い芋くさ令嬢を妻にした」と馬鹿にされ、嗤《わら》われているのだから。

「それじゃあ、行こうか」

「はい、ナゼル様。どんと来いです」

受付を済ませた私たちは、腕を組んで会場の中へと足を踏み入れる。

（よし、夫婦らしく行こう！）

気合いを入れて会場に入った瞬間、たくさんの視線が飛んできた。

「ナゼル様、見られていますね」

「大丈夫だよアニエス、このまま進もう」

私たちは今、とても注目を浴びている。皆が、こちらを眺めてヒソヒソと何事かを話し始めた。

（隠す気がないのか、私の耳がいいのか、全部聞こえるのだけれど）

いつぞやの噂好きな貴族もいる。王女殿下の婚約を祝うパーティーで、いろいろ実況をしてくれたお喋《しゃべ》りな二人だ。

『おい、ナゼルバート様だ。招待されているのは知っていたが、本当に来たのか』

『王女殿下とロビン様に不敬を働いた罰として、辺境に飛ばされたのでしょう？　今はスートレナ領を治めているらしいって……』

『それは事実だ。今回彼らを呼んだのは、第二王子殿下らしいぞ。パーティーは第二王子派の集まりだ。敵の敵は味方という意味で招待されたのでは？』

ギュッとナゼル様の手を握り、会場の中央へと進んでいく。

『それにしても、ナゼルバート様の連れている美しい女性は誰かしら？　見ない顔だわ』

『例の芋くさ令嬢と結婚したのではなかったか？　真っ白な顔に、真っ青な目と真っ赤な唇の……』

『ということは、あの女性は愛人なのか!?』

なんだか、とんでもない話になっている。

（……私、本人なんですけど）

とはいえ、他人の会話に割り込むのも微妙なので、黙って歩く。二人はまだ、大声で話し続けていた。

『やっぱり、芋くさ令嬢じゃ物足りなかったのね！』

『だとしても、第二王子が参加するパーティーに愛人を連れてくるだなんて非常識だ』

『でも、美人よね。どこの誰なのか、紹介していただきたいわ』

（うえええぇ……どうしよう）

駄目な方向に誤解が広がっているけれど、ナゼル様は気にするそぶりを見せず、私を中央の席へ連れていく。そこには、件《くだん》の第二王子がいた。

ナゼル様と王子は顔見知りのようで、向こうもこちらへ歩いてくる。

昔、ナゼル様は第二王子に勉強を教えていたことがあり、それ以降も話をする仲だったとか。

十八歳の第二王子――レオナルド殿下は、短く切りそろえた金髪に青い目が特徴の美形の王子様だ。ただ、いつも冷めた目をしていて何を考えているのかわかりづらい人……というのが、私の印象だった。

「……久しぶり、ナゼルバート」

淡々と話しかけるレオナルド殿下に、ナゼル様は恭しく挨拶する。私も彼に倣った。

「姉の件では苦労をかけた。優秀な人材が、また一人減ってしまって王宮側も困っている。ところで、今日は奥方を連れてきていないの？」

そう言って、レオナルド殿下は私をじっと見る。

（妻はここですよー。というか、レオナルド殿下。あなたとは以前お会いしたことがあるんですけどー？）

ひょこひょこと動いて視線で訴えていると、ナゼル様がコホンと咳払《せきばら》いし、ぐいっと私を抱き寄せ口を開いた。

「隣にいるのが妻ですが、何か？」

瞬間、パーティー会場に沈黙が落ちた。

続いて、波が広がるようにざわめきが大きくなっていく。

『えっ、どういうこと？　愛人じゃないの？』

『でも、妻は芋くさ令嬢なんじゃ……離婚したという話も聞いていないが!?』

『待って、言われてみれば、あの女性、芋くさ令嬢と髪の色が同じじゃない？』

『珍しい髪色ではあるが。まさか……』

そのまさかです。

おずおずと、私はレオナルド殿下に話しかける。

「私がアニエスです。お化粧を変えまして」

会場の至るところから、悲鳴が上がっている。私をこっぴどく振った貴族令息や、私を馬鹿にした貴族令嬢も叫んでいた。

『ちょ、本当に芋くさ令嬢なの？』

『まったくの別人じゃないか！　ナゼルバート様は大当たりを引いたのか……』

『王女殿下、最近は悪い噂ばかりですものね』

『ロビン殿も……おっと、不敬罪になるから、この辺りにしておこうか。とはいえ、今まで芋くさ令嬢から逃げていた男たちの目が、彼女に釘付《くぎづ》けになっているな』

『逃した魚は大きかったというわけね』

私を見たレオナルド殿下は一瞬目を見開いたが、さすがは王子と言うべきか、すぐに冷静な顔に戻って口元に笑みを作る。

「失礼した、アニエス夫人」

前に王城で会ったときは見向きもしなかったのに、レオナルド殿下は青い瞳で私を凝視するので落ち着かない。

「ナゼルバートのことだから、どんな妻でも蔑《ないがし》ろにはしないとわかっていたが。想像以上に仲がよさそうで安心した……おい、睨《にら》むな。誰もお前の妻を取ったりしない」

「殿下、睨んでおりません。でも、アニエスと仲がいいのは事実です」

ナゼル様は私の腰に手を回し、にこにこと笑っている。

（険悪な空気ではなさそうね）

第二王子は芋くさ令嬢に悪意を持っていないので、少しだけホッとした。

そして、彼のおかげで、ナゼル様のアウェイ感が僅かに薄れている。

「また、ナゼルバートと話がしたいな」

「いつでも、喜んで」

にこにこ、にこにこにこにこにこ――

（ただ笑い合っているだけに見えなかったのは、気のせいかしら。大勢の人が集まる場所だから、きっと当たり障りのない話しかできないのね）

現に彼らは、今も女性たちから熱い視線を浴びていた。レオナルド殿下は他にも挨拶があるため、私とナゼル様はまた腕を組み、その場を離れる。

しばらく会場をうろついていると、今度は向こうから会場の提供者である伯爵家の息子がやってきた。近くには、彼の妻もいる。

伯爵令息である彼は、過去に公衆の面前で私を袖にして大恥をかかせた相手。

今となっては、古くて苦い思い出だ。

ちなみに当時、妻の方は美人と名高い子爵令嬢だった。

「これは、ナゼルバート様。ようこそ、我が家へ。パーティーは楽しんでいただけていますか？」

そう言って、伯爵令息はやや赤い顔で私に視線を向けた。

チラ、チラ、チラッ！

（さすがに、そんなに見られたら気づくんですけど）

ナゼル様には以前、私が伯爵令息にわかりやすく振られたことを伝えている。

彼も伯爵令息のチラ見は気になっているようだ。そして――

「このたびはありがとうございます、ヤラータ殿。それから、ご結婚おめでとうございます」

ほわわんとした笑顔で祝辞を述べるナゼル様は、王都での張り詰めた感じが抜け、癒やし系の雰囲気を漂わせている。

（私もお祝いを言っておこう。あまり、過去のことを引きずっては駄目だよね）

ナゼル様の妻に相応《ふさわ》しい振る舞いを心がけ、こわばる顔に笑みを浮かべる。

「ご結婚おめでとうございます」

ヤラータ様はもの言いたげな、微妙な顔になっている。

「どうかされましたか？」

尋ねると、彼は慌てて「いいえ、なんでもないです！」と赤い顔のまま答えた。

（なんで敬語？）

ヤラータ様はナゼル様と会話している間、ずっとチラチラと私を見てきて、彼の妻が怒った顔で夫を睨んでいる。

（どうしたんだろう）

少しして、ナゼル様が「行こうか」と告げて私の手を引き、抱きかかえるようにして歩き出す。

「それでは失礼しますね、ヤラータ殿」

「くっ……はい、引き続きお楽しみくださいませ」

先ほどよりもさらに距離が近いナゼル様は、私の手をにぎにぎしながら呟いた。

「アニエスが人気すぎて……恋敵が増えるのではないかと心配だよ」

「ないない、それはないです。私はお見合い惨敗の芋くさ令嬢ですので」

「はあ、アニエスの自覚がなさすぎて心配だな」

挙動不審なヤラータ様を通り過ぎ、食べ物の並ぶテーブルへ向かう。

ふわふわのスポンジケーキや、カラフルなマカロン、とろりとしたチョコフォンデュにプルプルのゼリー。誘惑が多すぎる。

「アニエスは、甘いものが好きだよね」

「はい、実家で食べられなかったので、その反動でしょうか」

「じゃあ、味見をしに行こう」

「ぜひ！」

ナゼル様と一緒だと、とても心強い。

私は幸せな気分でお菓子の並ぶテーブルへ向かうのだった。

※

伯爵令息ヤラータは後悔していた。

婚約を拒否し、打診を白紙に戻した令嬢が、ものすごく美しくなって目の前に現れたからだ。過去の彼女とは、まるで別人だった。

「あれが芋くさ令嬢とか……詐欺だろ」

エバンテール家は、社交界で煙たがられている古風で頭の固い貴族だ。

そこの女たちは全員、お化けのような濃い化粧をしている。白い顔、青い瞼《まぶた》、赤い頰と唇。黄ばんだドレスが目印なので見ればわかる。

いくら身分があっても、そんなのと結婚だなんて社交界のいい笑いものだ。絶対にごめんだった。打診を承諾するためのパーティーで逃げに逃げ、そこそこ美人で気の合った子爵令嬢と急いで婚約を結んだというのに。回避できたと喜んだのに。

「……逃した魚が大きすぎる」

ヤラータはガックリうなだれ、ナゼルバートと仲睦《むつ》まじく歩いていくアニエスを見送った。

(それにしても、まさかナゼルバート様が、俺を牽制《けんせい》するほど特定の女性に入れ込むなんてな)

美人のアニエスから目が離せず、チラチラと見ていたら笑顔で威嚇された。あれは本気だ。

(異性に興味を持たず、ストイックな印象だったが……彼女が人形のようなナゼルバート様を変えたのか？)

一部始終を眺めていたのか、背後から妻となった子爵令嬢が近づいてきて、ヤラータの尻をつねった。

「ちょっとあなた、どういうつもりなの！」

「す、すまない。なんでもないんだ」

「だらしない顔しないでよね！　なによ、鼻の下を伸ばしちゃって！」

急いで結婚した妻だが、ものすごく我儘《わがまま》で金遣いが荒い。なにより怖い。

ヤラータとの結婚も地位が目当てで、出会ったときは猫を被《かぶ》っていたのだと、今ならわかる。

しかし、すでに結婚してしまった今、恐妻から逃れることはできなかった。

（芋くさ令嬢で思い出したが……そういえば、今日はあの人たちも来ていたな）

恐妻から視線をそらしながら、ヤラータは古くさい衣装を着た、目立つ一家を思い浮かべた。一人でもあれだけれど、集団になると迫力が半端ないよな……などと考えながら。

※

ナゼル様に手を引かれ、引き続き私はパーティーの参加者たちに挨拶して回っていた。

スキャンダルが大好きな貴族が、ひっきりなしにナゼル様に声をかけてくる。

（意地悪だなあ……！　新たなネタを引き出そうと企《たくら》んでいるのが、丸わかりなんだから）

でも、微笑みながら、何事もなく彼らを躱《かわ》すナゼル様は、ただ者ではない雰囲気があって素敵だ。余裕を感じる。

（それにしても、さっきから男性陣が、やたらと私の容姿を褒めるのよね……嫌味かしら？　話のダシに使われるのはいい気がしないわ）

うんざりしながら貴族同士のやりとりを繰り返していると、何やら見覚えのある人物が、音もなくスウッと近づいてきた。

私と同じ髪と目の色の少年で身長は低く、かっちりと重い上着の下に、真っ白のぴったりとしたタイツを穿《は》いている。彼は魔法の力で体を地面から浮かせながら移動しており、滑るように私のすぐ前まで来ると、私と同じ赤みを帯びた瞳でこちらを見据えた。

敵意を察知した私は、僅かに身構える。

「恥知らずな女が注目を浴びていると思えば、アニエス姉上でしたか」

「……ポール、あなたもパーティーに参加していたのね」

嫌味を交えて話しかけてきた少年は、私の弟のポール・エバンテールだった。

エバンテール家の嫡男で現在十二歳、そろそろ婚約者を見つけてもいいお年頃。

実家の厳格な思想に染まったポールは、家の方針に反抗ばかりするできの悪い姉を蔑んでいる。

だから、彼はいつも、私に対して辛辣な言葉を吐くのだ。

ちなみに、弟は私の素顔を知っているので、今の格好でも姉だとわかったのだろう。

「王女殿下のパーティーで恥をかき、家を勘当されただけでは飽き足らず、外で浮ついたはしたない格好をして。なんですか、その軽薄で雑な化粧と、安っぽいドレスは！　あれだけ母上に注意されていたのに！」

(ぴったりと肌に張り付く白タイツを穿いて、空中に浮いている方が恥ずかしいと思うのだけれど。しかもタイツの中心部には詰め物をしているなんて)

弟が大きな声を出すものだから、またまた周りの注目を浴びてしまった。

「姉上は淑女とはほど遠い！　我がエバンテール家の恥だ!!」

こちらを指さすポールは、どや顔だった。「言ってやったぞ」という満足感が透けて見える。

周りの貴族は皆、ドン引きだった。

「ポール、私は勘当された身だから、エバンテール侯爵家とは、もうなんの関係もないのよ」

弟に事実を告げるが、彼は不満そうだ。

(恥だろうがなんだろうが、元の芋くさ令嬢の姿に戻りたくないもの)

すると、弟の後ろから父や母もやって来た。エバンテール家全員が勢揃《せいぞろ》いだ。

とても目立ってしまうため、周りの貴族は引き続き私たちに注目している。

父の「女は愚かな方がよい」という意見で、政治的な知識を一切与えられずに育った私だけれど……ナゼル様と一緒に過ごすようになり、様々な情報を耳にする機会があった。

だから、今のエバンテール家の状況は、なんとなくわかる。

うちの家は王女派ではなく第二王子派だから、以前、私に第二王子との婚約を勧めたのだ。

(今回のパーティーにエバンテール家が参加していても、おかしくはないのよね)

弟は浮きながら一歩ぶん下がり、古くさい衣装の両親が私の前に進み出る。

母は黄ばんだ曽祖母のドレス、父は弟と一緒でぴたっと肌に密着した白タイツを穿いていた。中央の詰め物は父の方が格段に大きい。かなり盛っている。

「アニエス、お前という娘は。また、こんな場所で恥をさらすのか!」

父が怒りで真っ赤になった顔で私を指さす。

（いきなり殴られないだけマシよね）

続いて、母もヒステリックな甲高い声で叫んだ。

「まあ、アニエス！　なんて下品なドレスなの！　それに、素顔がわかるようなお化粧をして、恥を知りなさい！　あんなに殿方の注目を集めるとは、みっともない！」

注目云々《うんぬん》はナゼル様が原因だと思うし、素顔がわからない化粧の方が問題があるのよ……と、ここで言っても彼らは納得しないだろう。両親も弟も、エバンテール一族の思想にどっぷりと漬かっているのだから。

時代に合わせてルールを変えず、思考を停止して惰性でそれに倣うだけ。

結果、場違いでズレた一族として、周囲からキワモノ扱いされている。

（エバンテール家は、やっぱりおかしいわ）

こうして外に出たからこそ、知れた世界がある。芋くさ令嬢と呼ばれた当時の私も、やはり普通の状態ではなかった。昔は両親の命令に逆らうことができず、文句を言って反抗しつつも、結局は指示された格好で出かけていたのだ。

（もっと他に、やりようがあったかもしれないのに）

足掻《あが》いて世界を知ろうとしない私は無知だった。

（でも、もう同じ轍《てつ》は踏まないわ）

私は私であって、エバンテール家に都合のいい道具ではない。家を出されたのなら、尚更《なおさら》だ。

「エバンテール侯爵、侯爵夫人。私はあなた方に勘当された身なので、一族とはなんの関係もありません。どうか、放っておいてください」

しかし、ここで引き下がるような両親と弟ではない。

追い出したとはいえ、元身内に、しかも娘に反抗され、余計に腹を立てたみたいだった。

「アニエス、偉そうなことをぬかすな！　お前は黙って、我々の言葉に従っていればいいんだ！」

「そうですよ、姉上！　そんなだから、あなたは自分の婚約者さえ、まともに見つけられなかったのです」

（いやいや、エバンテール家のルールを守っていたからこそ、通常状態に輪をかけて婚約者候補に逃げられる日々を送っていたのよ？　それに、勘当しておいて「従え」だなんて、ちょっと自分たちに都合が良すぎではないですか？）

連続でまくし立てる彼らが息をついたところで、私は平常心を保ち冷静に彼らに伝える。

「お父様、お母様。この年齢まで私を育ててくださったのには感謝します。しかし、もう構わないでください。一緒にいると、あなたたちの品位まで下がってしまいますよ」

娘の容姿にこだわるのはやめて、早くどこかへ去ってくれないかなと思い、言葉を返したのだけれど……。

（あら、まずかったかしら）

父の顔がさらに真っ赤になってしまうだけの結果に終わったようだ。

「このっ！　女のくせに、小賢《こざか》しいことを言いおって、外で余計な知恵をつけてきたな！」

（どうしよう、元家族との会話がまったく成り立たない！　というか、私を外に追い出したのは、あなたたちでしょうが！）

「生意気な娘だ。二度とそんな口を叩《たた》けないようにしつけてやる！」

限界まで頭に血が上ったのだろう。他に大勢の人々がいるのもお構いなしに、父は大きく腕を振り上げた。

（——殴られる!!）

いつも受けていた暴力を思い出し、私は体を丸めて縮こまる。幼い頃から与えられた恐怖に、体は素直に反射した。

「そこまでだ！」

瞬間、私の前にスラリとした背中が割り込み、父の強固な拳を受け止める。

「……っ!?　ナゼル様!?」

私を庇《かば》うように立つナゼル様は険しい顔で父と向き合っていた。

（父の強烈なパンチを軽々と防ぐなんて、ナゼル様は相当強い人なの？）

王女の婚約を祝うパーティーでは突き飛ばされていたので、てっきり荒事は苦手なのだと思っていたけれど、ナゼル様は武術にも優れているのかもしれない。

拳を受け止められた父は、赤い顔のままナゼル様に食ってかかった。

「ナゼルバート様、邪魔をしないでいただきたいですな。これは、エバンテール家の問題なのですぞ！」

偉そうに苦言を呈す父だけれど、まずは殴りかかった相手――ナゼル様に謝るべきだ。

（第二王子の主催したパーティーで、よその領主に暴力を振るうなんて、とんだスキャンダルだよ）

しかし、ナゼル様は冷静だった。柔らかな口調で紳士的に父の相手をする。

「では、アニエスは関係ないね？　すでに実家から勘当され、私の妻になっているのだから。彼女には家を離れて自由に、幸せに生きる権利がある」

私はナゼル様の言葉に感動した。だが、父は引き下がらず、ムキになって主張を続ける。

「だとしても、私はこれの保護者だったのです。恥の上塗りをさせるわけにはいかない。これには、家の命令を聞く義務がある！」

……もはや、私を「これ」呼ばわりだ。父も母も、跡取りの弟は可愛《かわい》がるけれど、私のことは政略の道具くらいにしか思っていない。

モヤモヤしている間に、ナゼル様は、静かだけれど凍《い》てつくような声音で父に告げる。

「あなたたちは、過去にアニエスを捨てたよね？」

「だから、なんだというのだ？」

僅かに眉を動かしたナゼル様は受け止めていた父の手を振り払い、抑揚のない冷えた声で言葉を続けた。整った顔のせいか、父よりも格段に迫力がある。

「アニエスはパーティーの衣装を着たまま、ボロボロの状態で街を彷徨《さまよ》っていた。あのままでは、間違いなく危険な目に遭っていただろう。真夜中に身一つで娘を追い出すあなたのような人間が、堂々と保護者面をするのはいただけない」

連続で図星を指された父は引くに引けず、とうとう逆ギレを始める。

「うるさい、罪人風情が私に指図をするな！　公の場に出てくるんじゃない！」

ナゼル様はレオナルド殿下に呼ばれて参加しているのだから、彼主催のパーティーで、そういう内容を大声で言わない方がいいと思うのだけれど。

「そちらこそ、私の大切な妻を侮辱しないでもらえるかな」

めちゃくちゃなことを言われているナゼル様は、まったくひるむ様子なく正論を説く。

「当家の不良品をどうしようが私の勝手だ！」

わめき散らす父を見て、ナゼル様の瞳の光が消える。先ほどまでにも増して彼が怒っているのがわかった。

（美形がキレたら、近寄りがたさが半端ないです）

ひぃぃ……と後退したら、すぐ近くにレオナルド殿下が立っていた。騒ぎが気になって、こちらへやって来たみたいだ。

しかし、ナゼル様は関係なしに父と対峙《たいじ》する。

「容赦なくアニエスを殴るのは、アニエスが不良品だからだって？　聞き捨てならないね」

「躾《しつけ》の一環だ！」

「アニエスを保護したとき、彼女の頬に大きな痣《あざ》が二つあった。あなたは以前からアニエスに暴力を振るっていたね？」

毅然《きぜん》とした態度で話すナゼル様の言葉を聞いて、ザワリと観衆がどよめく。

『なんですって、我が子に痣ができるほどの暴力を？』

『しかも、頬だなんて。結婚前の令嬢の顔に傷が残ることは考えなかったのか？』

『もしかして、あの厚い化粧は痣を隠すためだったのでは？』

『なんて酷《ひど》い！』

厚化粧はエバンテール家の風習だったのだけれど、貴族たちの間にもっともらしく噂が伝わっていく。こういったやりとりは、ナゼル様に分があるようだった。

「だから、これは躾だと言っているだろう！　我が家の方針に口を出すな、若造が！」

さすがにまずいと母が青くなっている横で、父はお構いなしに喋りまくる。

彼は怒りで我を忘れることが多いのだ。

「あのときは、こいつが罪人との婚約なんて命じられたから殴っただけだ！」

「頬の痣だけじゃない。サイズの合わない中古の靴を履き続けたせいで、アニエスの足は皮がめくれて血だらけだった。コルセットも、健康に良くない廃止された型を、幼い頃から彼女に使い続けていたようだね。エバンテール家の財政状況が貧しいとは思えないのに。アニエスは古く、使い勝手が悪い品ばかりを身につけていたよ」

「ええ、我が家の財政状況は健全です！　これは節約ではありませんわ！　アニエスの服や靴は、そこいらの安っぽい衣装ではなく由緒正しい装いなのです！」

今度は母が声を上げたが、ナゼル様は彼女の訴えを一蹴した。

「……話になりませんね」

二人の会話を聞いた貴族たちが、さらにザワザワ騒ぎ始めた。

『さっきも殴ろうとしていたみたいだし、日常的な子供への虐待があったのでは？　服だって、お古ばかり着させて、躾の域を超えていますわね』

『エバンテール家の古くさいドレスは、てっきり衣装代をケチっているのかと思っていた。金銭的に苦しくないのなら、一着くらい買ってやればいいのに！』

『暴力はもちろん、衣装を買い与えないことも虐待ね』

周りの貴族を巻き込んで、どんどん話が広がっていく。

『廃止されたコルセット……あれは、骨に悪影響を与えるものではなかったかね？　十年以上前に、王城の医師団が発表したはずだが』

『しかも、この期に及んで、勘当した娘にエバンテール家の格好を強要するなんて、可哀想《かわいそう》だわ。厚化粧を取ったら、あんなに綺麗なのに』

そうだそうだ、という声があちこちで上がった。

（……私、すごく同情されているみたい）

形勢不利を悟った父は、他の貴族たちに「じろじろ見るな！」と文句を言い、敵認定したナゼル様につかみかかろうと動く。

けれど、あっさりと躱されて、そのままの勢いで地面にダイブした。

運悪く、そこにはティーテーブルがいくつか置かれており、テーブルや椅子だけではなく、クリームたっぷりのケーキや、グラスに入った飲み物までもが父の全身に襲いかかる。

父の真っ白なタイツは、カラフルなジュースの色に染まってしまった。

そして、そんな父を第二王子が黙って見下ろす。

「エバンテール侯爵、怪我《けが》はないか？」

第二王子のレオナルド殿下に淡々と問われ、父は慌てて起き上がると居住まいを正す。

「は、はい！　問題ございません！」

父の頭にはクリームがたくさん載っていた。

私やナゼル様に対しては横柄な父も、さすがに王族の前では礼儀正しい。

（なんだかなー……）

王子が現れたのを好機と見たのか、父はこの期に及んでレオナルド殿下に訴え始めた。

「あの罪人めが、我々に恥をかかせたのです！」

そう叫んで、ナゼル様をビシッと指さす父。

（あちゃ～。お父様は何もわかっていないのね。ナゼル様はレオナルド殿下に招待されたのに！）

それに文句を言うのは、第二王子が罪人をパーティーに招待したと非難することに繋《つな》がってしまう。

レオナルド殿下は少し考えたあと、父の正面に立って言った。

「ナゼルバートは僕が呼んだ。異論があるのか？」

問われた父は、「とんでもない」と、大きくかぶりを振る。だが、不満を伝えずにはいられないようだ。

「ですがこやつは、王女殿下に不敬を働いた罪人ですぞ！」

（お父様……人はそれを、異論があると言うのよ）

私は心の中で彼の行動を指摘する。

「エバンテール侯爵。ナゼルバートは無実だ。本当の罪人は……事実を知る者もいるだろう。今日はそのことを伝えようと思っていたのだ」

ざわめく噂好きの貴族たちが、徐々に静かになっていく。

静寂に包まれた会場の中で、レオナルド殿下はゆっくりと語り始めた。

「今、王城は王妃や姉、姉の夫である男爵家のロビンが牛耳っている。だが、彼らの実務能力には難があるようだ」

「そうだ、そうだ！」

貴族たちから同意の声が上がる。特に王城勤務の貴族は大きく頷《うなず》いた。

城での仕事で迷惑をかけられているらしく、それを補うために長時間残業が続いているのだとか。

「王女の婚約者だったナゼルバートは身に覚えのない罪を負わされ、辺境へ追放された。そして現在、ロビンの暴走によって、いろいろな家が迷惑を被っている。あの男は王女の伴侶であるにもかかわらず、気に入った令嬢に声をかけては男女の関係に持ち込もうとする。令嬢の婚約者にとってもいい迷惑だ」

パーティーの参加者たちがどよめき、男性陣からは強く同意の声が上がる。

厳しい教育を受けて育ってきた世間知らずの令嬢たちは、甘い言葉を囁《ささや》く毛色の違った美青年が気になって仕方がないらしい。

そのため、彼女たちの婚約者である男性たちから、ロビン様は害虫扱いされている。

「僕は事態を静観していたが、このままでは国を揺るがす結果になりかねないと判断した。だから、具合が悪く動けない兄上に代わり、いざというときの準備を進めたいと思う」

いざというとき。状況次第では、第二王子のレオナルド殿下が王妃や王女に取って代わるということだろうか。

「それから、エバンテール侯爵は公の場への出入りを禁止する！」

「そ、そんなっ！　どうして私が……！」

「王族主催のパーティーでこれだけの騒ぎを起こしておいて、それを言うのか？」

「娘の躾をしていただけです！」

父に続いて、母も金切り声を上げて抗議し始めた。

「そうですわ、我々は殿下の忠臣ですのに、この仕打ちはあんまりです！　出入り禁止になるのは、あちらの罪人とアニエスの方でしょう？」

弟も一緒になって文句を言っている。

「そうです！　我々エバンテール家は第二王子殿下の味方なのですよ？」

家族の同意を得て、さらに自信を持ちだした父が増長する。

「そうだ！　出入り禁止はアニエスたちだ！　殿下、目を覚ましてください。あいつらは身持ちの悪い娘と罪人なのですぞ！」

しかし、レオナルド殿下は取り合わなかった。

ため息を吐《つ》きつつ、疲れた様子でエバンテール家の者に告げる。

「まだ言うのか。お前たちは今後しばらく、全ての行事への参加を禁止する。僕の前にも顔を出すな」

ハラハラと成り行きを見守っていると、レオナルド殿下がナゼル様に告げた。

「ナゼルバート、奥方を休ませてやれ。あとのことはヤラータがやる」

いきなり名指しされた会場提供者のヤラータ様が、少し離れた場所で慌てているのが見える。

「殿下、我がエバンテール家を侮辱するなど……許しませんぞ！　どうなっても知りませんからな！」

「衛兵、彼らを退席させろ」

「やめろ、やめろぉぉ――――っ！　はなせえぇ――――っ！　私を誰だと思っているんだ！　殿下、殿下、お考え直しください！」

父はずっと叫び続けている。

私とナゼル様は伯爵家の一室に通され、懲りずに大暴れした父はレオナルド殿下によってパーティーを強制退場させられた。

（最後まで大声で言い訳していたようだけれど……あの状態では、どのみち会場にいられなかったわよね）

小さな客室でゆっくり息を吐きながら、私はナゼル様を見た。

「ナゼル様。助けていただきありがとうございます。また殴られるところでした」

「妻を守るのは当たり前だよ」

彼はいつも言葉通り、当然のように私を救ってくれる。

パーティー会場で、あの凶暴な父に毅然と立ち向かってくれたことが嬉《うれ》しかった。

家族と対面した緊張から、まだ体が震えるけれど、ナゼル様と一緒なら大丈夫だという安心感がある。

「君に怪我がなくてよかった。アニエスの家族と対立したくはなかったけど、俺の想像以上に話の通じない人たちだったな。もう少し、上手《うま》くことを運びたかった」

「十分です……父の拳を避けきっただけですごいですよ」

「エバンテール家は、譲れない信念を持っているようだね。あそこまで一家揃って方針を貫くのも、却《かえ》って難しそうだけれど」

「父と母はいとこ同士なんです。双方がエバンテール一族の出身だから、どちらも家の考えを忠実に守り続けていきます。もし母が他家の出であれば、私の相談に乗ってくれたかもしれませんね」

一族同士の婚約だから両親の結婚は楽だったたし、障害も少なかった。

けれど、自分たちと同じ価値観を娘に求めるのは止《や》めてほしい。

(結果としてナゼル様に会えたから、婚活に失敗してよかったけれど)

私は愁いを帯びたナゼル様の横顔から目をそらす。

「……両親の態度は昔からなので、ナゼル様は気にしなくていいですよ」

いくら反抗しても徒労に終わる。

会話が成り立たない虚《むな》しさもあり、実家にいた頃は、最後には諦めて家族の命令に従っていた。

そうする以外の方法を知らなかった。

「アニエス。俺と結婚するまで、よくあの家で頑張ったね。たった一人で誰にも相談できずに耐えていたなんて。もっと早く君と出会いたかった」

正面から体を引きよせられ、ポンポンとあやすように背中を叩かれる。

「もう、大丈夫だから。俺がアニエスを守るから」

彼のぬくもりに包まれた私は、胸がいっぱいになった。目頭が熱い。

知らず、私はナゼル様にギュッとしがみついていた。

（ああ、ナゼル様のことが、やっぱり本気で大好きだわ）

最初に出会ったとき、素敵な人だと思ったし、結婚にも抵抗がなかった。採用面接の際には愛人を迎えたくないと感じた。

ナゼル様が夫でよかったし、このままずっと夫婦でいたい。彼と一緒にいると、とても心が安らぐのだ。

顔を上げてナゼル様を見つめると、彼は琥珀《こはく》色の目を優しく細める。

「ん？　どうしたんだい？」

「え、っと……ナゼル様が格好いいなって」

涙をこらえながら言葉を返すと、ナゼル様は瞬《まばた》きしながら黙り込んだ。

（変なことを言ってしまったかな？）

よく見ると、顔が赤い気がする。

「あの、ナゼル様？」

恐る恐る問いかければ、彼は頰を押さえて小さく呟いた。

「……と……」

はっきり聞き取れず、「えっ？」と聞き返す。

すると、ナゼル様は琥珀色の目をそらして、恥ずかしそうに私を抱きしめた。

「アニエスが、とても愛《いと》おしくて。本当に可愛くて、どうにかなってしまいそうだ」

甘く囁かれ、頭がクラクラするような不思議な心地に包まれる。

「ナゼル様、私を愛おしいって……その、妻として愛してくださっているのですか？」

ああ、なんて馬鹿な質問をしたのだろう。

（そんなの、夫としての義務からに決まっているのに）

考えれば考えるほど虚しくなり、急いでナゼル様の腕から出ようともがくと、彼は逃がさないというように腕に力を込めた。

そうして、私の顎に指を添えてじっと見つめてくる。

「そうだよ。君を、一人の女性として愛しているんだ」

考えもしなかった答えが返ってきて、私は瞠目《どうもく》しながらその場で固まってしまう。

「私たちの結婚は、国の命令によるものですよね」

「最初はそうだったけれど、一緒に過ごすうちに、アニエスの前向きなところを好ましいと思ったよ。気づけば目で追うようになっていて、わりと態度で好意を伝えていたつもりなのだけれど」

「……わ、わかりませんでした」

色恋沙汰に縁がない私には、恋の駆け引きは難易度が高すぎる。

「そもそも、アニエスの印象は最初からよかったよ」

「最初って、王女殿下の婚約を祝うパーティーの日ですか？　かなりの厚化粧で、古い黄ばんだドレス姿だったと思いますけど」

「ミーア王女殿下に楯突《たてつ》いてもいいことなんてないのに、あのとき会場でアニエスだけが俺の味方をしてくれた。それに、俺のせいで辺境送りになったにもかかわらず、一生懸命屋敷を片付けたり、植物を栽培したり……前向きな君といると元気をもらえるんだ」

そう話すナゼル様は、どこか嬉しそうでもあった。優しい表情を眺めるにつれ、徐々に彼の言葉が本当なのだと感じられて鼓動が速くなる。

（ナゼル様が私を愛してくれているなら、二人はお互いに想《おも》い合っていたの？）

それなら、自分の気持ちを彼に伝えたい。

「えっと、ナゼル様」

「ん？　何？」

頬に触れるナゼル様の口調が甘く、胸の奥が落ち着かない気分になった。

「わ、私……その……」

しかし、言いかけたところで部屋の扉がノックされたので、私はビクリと硬直して口を閉じる。

扉の外から、「レオナルド殿下がお越しです」という、ヤラータ様の声が聞こえた。

（……今から「ナゼル様が好きです」って話そうと思ったのに。なんでこのタイミング？）

レオナルド殿下たちが入ってきてしまったので、私とナゼル様はささっと離れて彼を出迎えた。

パーティーも終わり、挨拶を終えたレオナルド殿下は私たちの様子を見に来てくれた模様。

「ナゼルバート、奥方の具合は大丈夫か？」

レオナルド殿下の呼びかけには、ナゼル様が応える。

「ええ、ご配慮いただき感謝します」

私もナゼル様と一緒に頭を下げた。

「エバンテール家には面食らったな、当主があのような人物とは。仕事面では、寡黙で真面目な人物に見えたのだが」

第二王子の視線を受け、私はとっさに答えた。

「申し訳ございません。できるかどうかはともかく、父は仕事に対してはまっすぐでした。ただ、怒りで我を忘れるときがありまして。今日はお酒を飲んだからか、気が大きくなってしまったみたいで……」

「頭を上げてくれ。あなたを責めているわけではないんだ」

ナゼル様が、守るように私の背中に手を回す。

「立ち話もなんだから、座って話をしよう」

私たちは、それぞれ部屋にあった椅子に腰掛ける。私は出て行った方がいいのではと思ったが、ナゼル様が私を引き留めた。

「それで、他人に無関心なレオナルド殿下が、辺境の領主になんの用です？」

ナゼル様は、まっすぐレオナルド殿下に問いかける。

「さすがに、姉の暴挙を見ていられなくなってな」

「私が何年殿下と過ごしたと思います？　今の今まで王宮を放置していたあなたが、そんな動機で動くはずがない。裏に誰かいますね？」

なぜだろう、ナゼル様が何気に強気だ。

不思議に感じつつ眺めていると、レオナルド殿下がこちらを見て困った顔になった。

改まった席以外では、気安い間柄ということみたいだ。

様子を窺《うかが》っていると、レオナルド殿下が不意にナゼル様の手を取る。

「手を組まないか、ナゼルバート。悪いようにはしない」

「全貌を明かさないまま一方的に呼び出し、手だけ貸してほしいというのは都合が良すぎではないですか。私には領地や家族を守る義務があります。それらを危険にさらすような内容には簡単に頷けない」

「ナゼルバートの言うとおり、僕はとある人物から指示を受けている。今は口止めをされていて詳しく話せない。ただ、王宮内では姉やロビンの断罪を望む動きがあって、王妃は危機感を抱き始めた。ナゼルバート、下手をすると……あいつらは、お前を王宮へ呼び戻そうと動くかもしれない。

自分たちに都合よく使うために。僕らはそれを阻止したいんだ」

（呼び戻すって、婚約破棄をなかったことにするってこと？）

私は心配になって、隣のナゼル様を見た。

「この話について、陛下はなんと？」

「父は事態を静観している。両公爵家が王妃の味方だから、下手に動けない」

「わかりました。ですが、俺は王都に戻る気はありません」

ナゼル様が言うと、レオナルド殿下は黙って頷き、今度は私の方を向いた。

「エバンテール家には、しばらく監視をつけさせてもらう。アニエス夫人には申し訳ないが、ちょうどよい釣り餌になりそうだから」

「承知しました」

答えつつ、私は疑問を持った。

（釣り餌って……要は父が第二王子派を裏切って、王女派につくと見られているのよね。レオナルド殿下は上手く現場を押さえ、王女殿下に不利な状況証拠を集めようと動いているのかしら？）

エバンテール家は融通の利かない真面目な家だから、パーティーを出禁にされても、信念を捨てて王女に寝返ることはないと思う。そこまで腐ってはいないはずだ。

いくら見張られても関係ない。

「わかりました」

「すまない。勘当された君が不利益を被ることはないから、その点については安心してくれ」

どうにも、王都の事情に巻き込まれそうな予感がする。このまま、辺境スートレナで平和に暮らしたいのにと思わずにはいられない私だった。


帰り道、中継地点のロアの街までは馬車で移動するが、時間も時間なので途中に宿を取った。

もうすっかり辺りは暗くなり、人々も家に入っている。

月の光と窓から漏れた明かりだけが道を照らす光景を、私は二階にある宿の部屋から見下ろした。

小綺麗な宿の一番よい部屋は上客専用の作りで、室内には比較的高値の家具が揃っている。

そして、中央には二人用の大きなベッドが……。

(スートレナの屋敷でも、ナゼル様と並んで眠っているから平気だけど。やっぱり、ドキドキする)

ナゼル様も一緒に、もそもそとベッドへ潜り込む。

今まで手を出されたことはないが、ナゼル様の気持ちを知ってしまったので、ソワソワ落ち着かない気持ちになった。

(私自身も、ナゼル様が好きだし)

夜のベッドで男性と向かい合う状況下で何も起こらないのは、ひとえにナゼル様の人間性のたまものだ。

「あの、ナゼル様」

「ん？」

恐る恐る彼に声をかけてみると、どこか甘さを感じさせる声が返ってくる。

「ええと、その」

「俺が手を出さないのが疑問？」

図星を指され、つかの間息を呑《の》んで黙り込む。いざ面と向かって言われると恥ずかしさが倍増だ。

「すごく我慢しているんだよ、これでもね」

部屋は薄暗いけれど、笑いを含んだ声に安堵《あんど》するような、余計に緊張するような不思議な気分になる。

（自分の気持ちを伝えるべきよね。でも、このタイミングと体勢で話すと……あんなことや、こんなことになってしまわないかしら）

めくるめくバラ色の妄想で脳内容量をオーバーした私は、フシューと息を吐いてダウンした。

「アニエス、もう少しだけ近づいていい？」

返事を待たず傍《そば》へ移動したナゼル様は、私の腰と背中に腕を回す。

今日のナゼル様の行動には、翻弄させられっぱなしだ。

（ナゼル様が好きだって気持ち、すでにバレているんじゃないかしら？）

こんな風にベッドの上で密着されるのは生まれて初めてで、身動きがとれず混乱する私をナゼル様はただ静かに見つめる。

全身が温かく、ナゼル様の速い鼓動の音が服越しに響いた。彼も私と同じように緊張しているのだと思うと、ふわりと愛おしい気持ちがこみ上げる。

恐る恐る腕を伸ばし、ナゼル様を抱きしめ返そうとしたのだけれど、不意に寝息が聞こえてきたので手を止める。

「……ナゼル様、寝ちゃいましたか？」

今日一日、たくさんのことがあり、一見平気そうに見えた彼も気を張り詰めていたのだろう。

抱きしめられて腕以外自由にならない私は、感情を暴走させながらも観念した。

「おやすみなさい、ナゼル様」

月明かりに照らされた端整な寝顔を見つめながら、愛する人と未来に向かって歩いていける喜びを噛《か》みしめ、そっと目を閉じる。

諸々《もろもろ》の迷いを消し飛ばすかのように、窓の外を勢いよく夜風が吹き抜けていった。


数日後、私とナゼル様はスートレナ領へ戻ってきた。

街でワイバーンに乗り継ぎ、空からスートレナ領を見下ろすと、帰ってきたという心地がする。

「到着ですね」

「うん、もうそろそろ屋敷だ」

大きな領主の屋敷と、庭でにょきにょき育った巨大な植物が見える。

今やうちの庭では、季節を無視した大量の植物が艶々とおいしそうな実をたくさん実らせていた。

いつものように、ワイバーンから降り立ったナゼル様は、また私に向かって両手を広げる。

(何度やっても慣れないんですけど！　ナゼル様の気持ちを知ってから、余計に恥ずかしくなっちゃったし！)

私は今日も勇気を出してワイバーンから飛び降り、ナゼル様にしっかり受け止められるのだった。

番外編1　芋くさ夫人と小さな旅

第二王子のパーティーからしばらく経《た》ち、辺境スートレナへ戻った私――アニエスとナゼル様は、そのあと二人で一緒に遠出をすることになった。

ナゼル様が強いので、私たちに護衛は不要だ。

婚約破棄騒動で辺境へ来てから、ゆっくりできる時間がほぼなかったので嬉《うれ》しい。

（ナゼル様は働き通しだし、私も初めての領主夫人業に振り回されていたしね）

青いワイバーンを借りて、今回の目的地であるスートレナのデートスポットの一つ、ノービオ山脈の麓にある花畑へ向かった。

食べ物は実りにくい土地だけれど、花はたくさん咲いている。

「ふふ、新婚旅行だね。アニエス」

空から景色を見下ろして、騎獣を操縦するナゼル様が顔を寄せてくる。

「は、はい……」

内心動揺しながらも、私は彼の言葉に頷《うなず》いた。

（どうしよう、ナゼル様が今まで以上に格好いい！）

パーティーで彼を意識し始めてからというもの、私はちょっとしたことですぐに頬を熱くしてしまう。

私の内心など知らないナゼル様は軽やかにワイバーンを操縦して目的地に到着した。

山の傾斜に沿って、青や黄色の小さな花が地面を埋め尽くしている光景は圧巻だ。

「綺麗《きれい》ですね」

「王都では見られない光景だね」

「たしかに、自然の多い場所ならではです」

空気は澄みわたり、風が気持ちいい。

またしてもナゼル様に抱き留められて着地した私は、ソワソワしながら花畑を歩いて回る。

ワイバーンは花の上で寝そべり、ウトウト眠り始めた。

麓には前領主の持ちものだったコテージがあり、今日はそこで過ごす予定になっている。

中は事前にナゼル様が人をやって整えてくれた模様……相変わらず仕事ができる人だ。

「あ、兎《うさぎ》！」

花畑の中で、もふもふの生き物が何匹も跳ね回っている。

「アニエス、獣や魔獣が好きなのはわかるけれど、一人で走り回ると迷子になるよ」

「子供じゃないから、大丈夫です」

しばらく花畑ではしゃいでいると、ポツポツと空から水が落ちてきた。

兎たちが一斉にどこかへ姿を消してしまう。

あっと思ったときには遅く、サァァと細い雨が大地に降り注いだ。

ひんやりして、気持ちのいい霧雨だ。

「アニエス、風邪をひくといけないからコテージへ入ろう」

「は、はい」

ナゼル様が魔法で日傘のように大きな葉っぱを出してくれ、まっすぐな茎の部分を持つ。彼に抱き寄せられながら、私は雨の花畑を移動した。

（ちょっと、ロマンチックかも）

もちろん、ワイバーンも一緒だ。雨に眠りを妨げられたワイバーンは、花をちぎって遊びながら私たちの後ろをついてくる。ワイバーンの皮膚は水をはじくので、濡《ぬ》れても平気なのだ。

幸いコテージは近く、土砂降りになる前に避難できた。

ワイバーンを小屋に連れて行ったあと、私たちも建物へ入り、中にあったふかふかのタオルで体を拭く。

「急に雨が降ってきましたね」

「そうだね。天気ばかりはどうにもならないな」

せっかくの旅行計画に水を差され、ナゼル様は悔しそうだ。

「ゆっくり休めということですよ。ナゼル様はいつも働き通しですからね」

「こちらへ来てからも忙しかったけれど……でも、心理的なストレスは王都にいた頃の方が大きい

よ。あっちは人間関係が大変だったからね」

「……たしかに」

私は王妃殿下や王女殿下、ロビン様の顔を次々に思い浮かべた。


コテージはダイニングと寝室の二部屋に分かれている。

私たちはそれぞれの部屋で濡れた服を着替え、再びダイニングで合流することにした。

夫婦とはいえ私たちはまだ潔《きよ》い関係なので、一緒に着替えるのは恥ずかしいのだ。

（ケリーが荷物に予備の服を入れてくれていて助かったわ）

青いフリルのついたワンピースに着替えた私は、そそくさとダイニングへ戻る。

服が少ないからとケリーが発注した軽装は、動きやすくて着心地がいい。

自分だけの服が複数持てるなんて、エバンテール家では考えられない。まるで夢のようだ。

「おかえり、アニエス。その服も可愛《かわい》いね」

すでに着替え終わったナゼル様は椅子に座って私を待っていた。

「ケリーが選んでくれた衣装です」

コテージには台所もついていたので、お湯を沸かして持参した紅茶を淹《い》れる。

やり方はメイドさんたちに教えてもらった。

「そうだ、料理人のメイーザがおやつを持たせてくれたんです。ヴィオラベリークッキーとエメラルドチェリーのタルト」

小ぶりなクッキーと、ふんだんにフルーツを載せたタルトは、どちらも私の大好物だ。

「おやつは荷物の中にあるのかな。こちらは俺が用意するよ」

二人で分担して、赤と白のチェック柄のクロスがかかったテーブルへ必要なものをセットしていく。

いつもはお茶やお菓子のセットをすることなどないだろうに、ナゼル様はかなり手際がいい。

外はまだ雨が降り続いており、先ほどよりも勢いが激しくなっていた。

(早めにコテージに入れてよかった)

二人で向かい合って座り、おやつタイムを開始する。

「うん、おいしいですね」

さっそくタルトを口へ運ぶ私を見て、ナゼル様が嬉しそうに頬を緩める。

「おいしそうに食べるアニエスは可愛いね」

「ひょえ!」

予想外の不意打ちを受けたせいで、変な声を出してしまった。

きっと今は、傍目《はため》にもわかるくらい真っ赤な顔になっているだろう。

「い、いきなり、なんですか」

しどろもどろになる私に向けて、ナゼル様は琥珀《こはく》色の目を細めて言った。

「アニエスを好きだって伝えたりないから、行動だけでなく言葉でもアピールしようと思って」

（もう十分です！）

私は心の中で叫んだ。本当にこれ以上は許容量オーバーなのだ。

芋くさ歴約十七年の私の恋愛耐性の低さを嘗《な》めないでもらいたい。

それに、こちらもナゼル様のことが好きなので、余計に落ち着かない気持ちになる。

（まだ言えていないけど……って。私も早く自分の気持ちを伝えた方がいいんじゃないかしら）

前回はヤラータ様とレオナルド殿下に邪魔をされたけれど、今は告白する絶好のチャンスかもしれない。

ゴクリと紅茶を飲み込み、じっとナゼル様を見つめる。

「どうしたの？　そんなに見られると、キスしたくなるのだけれど？」

「ひょえ！」

強烈な反撃を受けてしまったが、ここで黙り込むわけにはいかない。女は度胸だ！

「あ、あのっ、ナゼル様！」

しかし、覚悟を決めて「好きです」と告げようとした瞬間、窓の外が光り、「ドォォン！」と大きな雷の音が鳴り響き、精一杯の勇気を打ち消した。

かなり近くで落雷があったようで、何度も爆音が聞こえて小屋の窓を振動させる。

おかげで、完全に告白のタイミングを逃してしまった。

「わあ、外が真っ暗だね。アニエス、大丈夫？」

「は、はい……」

と言いつつ、私は固まっていた。実は雷が苦手なのだ。

（昔、雷の日にお母様に物置へ閉じ込められたのよね……「態度が反抗的だ」って、一晩中）

庭にある真っ暗な物置で、私は恐ろしい夜を耐え忍んだ。

おかげで、トラウマめいたものが今でも心にしこりとなって残っている。

コテージの中が安全だとは理解しているが、当時の思い出が蘇《よみがえ》って身がすくんでしまうのだ。

「大丈夫じゃないね」

ナゼル様はすっと立ち上がると、椅子に座ったままの私を後ろから抱きしめた。ドキンとまた心臓が大きく跳ねる。

「アニエスは雷が苦手？」

「う、はい。実は」

子供の頃の思い出を話すと、ナゼル様が長いため息を吐《つ》いた。

「まったく……アニエスの実家を悪く言いたくはないけれど、エバンテール一族は本当に困った人たちだね」

「すみません。雷が怖いだなんて、小さな子供みたいですよね」

「アニエスが謝ることはないよ。事実、雷は危険だから」

「うう、ですが情けないです」

「夫婦なんだから、俺は君にもっと甘えてほしいけどな」

そうして、雷が鳴り止《や》むまでナゼル様は私と一緒にいてくれた。

しばらくすると雷が去り、辺りは静かになって、私も落ち着きを取り戻す。

「あの、ナゼル様、ありがとうございました。もう大丈夫です」

「アニエスの大丈夫は当てにならないね」

ランタンの明かりをつけたナゼル様は、私を抱き上げて近くに置かれたソファーへ移動する。

テーブルには、空の皿と冷めた紅茶が残されていた。

「アニエス、今日はずっと一緒にいよう」

ソファーに腰掛けたナゼル様の顔が近づき、私は本日二度目の奇声を上げた。

「ひょえ！」

「ふふっ、アニエスは何をしていても可愛いね」

芋くさ女の奇声を可愛いと思うなんて、ナゼル様の感性がわからない。

（というか、この状態で一日中一緒にいるだなんて……む、無理！）

彼の甘い言葉を聞いただけで、頭が沸騰し、心臓が爆発しそうだ。

そんなこんなで、私は卒倒しかけながらナゼル様と共に一晩を過ごした。

（昨日は駄目だったけれど、今度こそ、ナゼル様に告白しなきゃ）

翌日の帰り道、ワイバーンで空を飛びながら強く決意を固めた私だった。

番外編2　ポール・エバンテールの由緒正しき一日

エバンテール侯爵家の長男、ポール・エバンテールの朝は早い。

なぜなら、身支度だけで大変な時間がかかるからだ。

男の自分はマシだが、母などは身だしなみに二時間以上要する。

目覚めて顔を洗ったポールは、鏡の前の椅子に座り、メイドに髪を整えてもらっていた。

メイドたちはコテを用意し、寝癖の酷《ひど》い輝く銀髪を伸ばしていく。

しばらくするとポールの頭は、ふんわりボリュームのあるキノコのような伝統的な髪型に仕上がった。

(うん、今日もエバンテール一族らしい素敵な頭だ！)

艶々と輝く頭に満足して頷《うなず》きながら、ポールはクローゼットの方へ歩いて行く。

「セバスチャン、着替えを頼む」

「かしこまりました、坊ちゃま」

今度は壮年の侍従がポールの寝間着を脱がせ、服を着替えさせた。

ポールの服は、もちろんエバンテール式の伝統的な衣装だ。

丈の短い上着に、ぴったり肌に張り付く白タイツ。白タイツの中には、股間を強調する詰め物を入れなければならない。

（詰め物は好きじゃないけれど、エバンテール家の伝統を守るためだ。文句は言わないようにしないと……）

曽祖父の時代には、中に入れる詰め物は大きければ大きいほど魅力的だと言われていた。

「ポール坊ちゃま、本日の詰め物はいかがいたしましょう」

「いつもの小さいやつにして」

「そろそろ、サイズを上げてはいかがでしょうか。ポール坊ちゃまは、もう十二歳……旦那様はこれくらいのものを奨めていらっしゃいます。あまりに小さいと、周りに示しがつきません」

侍従が指し示す方向には、大人の手ほどの大きさの巨大な詰め物が置かれている。かなり主張が激しい……。

「でも、大きいのはちょっと」

ポールだって年頃の男子だ。

股間が目立つのは恥ずかしいという気持ちがあった。

（いや、詰め物は、我が家の伝統的なスタイルなんだ！　恥ずかしがっちゃ駄目だ！）

自分の心を鼓舞し、再び侍従に声をかける。

「セバスチャン！　やっぱり、これにする！」

「かしこまりました、坊ちゃま。それでこそ、エバンテール家の跡取りです」

周りから褒められるのは、悪い気がしない。

侍従に奨められるまま、ポールは主張の激しい詰め物の上からタイツを穿《は》いた。

(違和感が……って、思ったら駄目だ！　エバンテール家の跡取りたる者、詰め物に慣れなくては！　父上は僕の二倍の大きさのものをつけているのだから！)

自分を叱咤《しった》し、シャツの上に上着を羽織って鏡を確認する。

「よし、今日も伝統的なスタイルだ」

「うんうん。旦那様も奥様も、坊ちゃまの成長を喜ばれることでしょう」

侍従も満足そうに微笑《ほほえ》んだ。


食卓へ向かうと、それぞれ身だしなみを整えた父や母もやって来た。

父も伝統的な髪型と服装で、概《おおむ》ねポールと同じような格好をしている。

しかし、股間の詰め物だけはポールの倍以上の大きさだった。

(あれ、父上の詰め物……また大きくなっているような？)

最近、父は大きな詰め物を頻繁に注文している。きっと、伝統的なこだわりがあるのだろう。

母は奥ゆかしい重厚なドレス姿で、クルクルときつめに髪をカールさせていた。

真っ白な顔に青い瞼《まぶた》、赤い頬と唇も曽祖母の時代から続く伝統的なもので、美しい女性の基準とされていたらしい。

（だというのに、姉上は文句ばかり口にするのだから）

実家を勘当された姉のアニエスは、服装にも髪型にも化粧にも文句を言う、できの悪い人物だった。

（エバンテール家に生まれながら、伝統のよさがわからないなんて、どうかしているとしか思えない）

食卓について、家族の会話が始まる。

内容は、曽祖父の時代の政治についてと、最近は第二王子に関する愚痴だ。

（第二王子殿下に関しては、僕も怒っているけど）

ちなみに、以前は第二王子の話題はなく、姉への説教が多かった。

不出来な姉は叱られる理由に事欠かなかったからだ。

「そろそろ、ポールの婚約者を探して良い頃だと思うが」

唐突に話し出した父の言葉に、隣に座る母が大きく頷く。

「そうですわね。この子も十二歳、ちょうどいい頃合いでしょう。ポールはアニエスと違って優秀ですから、すぐに素敵な令嬢が見つかりますわ。花嫁教育は私に任せてくださいませ」

「うむ、エバンテール式の教育は、早ければ早いほどよいからな。服装から化粧に至るまでしっかりたたき込まなければ」

「ふふふ、嫁を教育するのが楽しみですわね」

父と母が機嫌よさそうに話をしているので、ポールも一緒になって微笑んだ。

だが、しばらく経《た》ってハッと我に返る。

「父上、母上……我々は第二王子殿下に公の場への出入りを禁止されております。婚約者を探すのは不可能ではないですか？」

「まったく腹立たしい話ね」

母が苦々しい顔になり、父が言葉を続ける。

「しかし、沙汰が下ったあとで、ポールの婚約者探しに関してはパーティーの出入りを許可すると回答があった。まだ子供ということで、お前に関しての罰を免除するそうだ」

「本当ですか？」

「ああ、嘘《うそ》を言ってどうする」

ポールの心に光が差す。姉のようにいつまで経っても結婚できずにいるのは、まっぴらなのだ。

「もちろん、伝統的な衣装で行くのよ、ポール」

「はい、母上！」

「うふふ、いいお返事ね」

エバンテール家以外の貴族は、古きよきものの価値がわからない。両親曰《いわ》く、「軽薄で安っぽい」格好をしている。

だから、ポールが率先して正しい装いを広める必要があるのだ。

（これは、次期エバンテール家当主の義務！）
婚活を前に、ポールはメラメラとやる気に燃えるのだった。

番外編3　芋くさ夫人、ヴィオラベリーパイを売り込む

穏やかに晴れた、ある日の午後――

スートレナ領主の屋敷の食堂は、いつになく女性陣で賑《にぎ》わっていた。

この日は私とケリー、メイドさんたちで料理人のメイーザの新作メニューの試食会を行うと決めていたからだ。

辺境スートレナの収入を増やし、領民に安定した生活を送ってもらうため、私やナゼル様は金策に走っている。

食料問題はクリアできたので、次は収入を増やさなければならない。

私が仕掛ける第一弾は、辺境でしか採れない巨大ヴィオラベリーを用いたお菓子を広めることだった。

うちの領地で採れた果物は実が大きいので、ふんだんに材料として使える。

しかも、物質強化の魔法のせいで木が強靭《きょうじん》に成長してしまい、季節を無視して実を付け続けるのだ。

通常のヴィオラベリーは小さく少ない上に、一本の木では実がつかない。

（果実が実る木と、受粉用の木がいるのよね）

二種類以上の異なる種類のヴィオラベリーを近くに植えて受粉させる必要があり、収穫期も決まっているので、他領ではこうはいかなかった。

なので、そこを売りにする。

私たちはスイーツを通して、ストレナの巨大ヴィオラベリーを各地に売り込む算段だった。

そのために、巨大ヴィオラベリーを使ったおいしいお菓子が必要なのである。

（ふふふ、きっと高く売れるわ。いいえ、売ってみせる！　領主夫人の名に恥じないように！）

近頃、裕福な領地では甘いお菓子を食べることが流行している。王都も例に漏れずで、特に令嬢たちは新作のお菓子に目がない。

今回使用するのは、巨大ヴィオラベリーの中でも製菓用に特化した種類で、ナゼル様が品種改良したものだ。通常より水分が少なめで甘みが強い。

「それでは、今から試食を行います。今回はストレナ領のヴィオラベリーを使ったお菓子の感想を聞かせてください」

私の声に、一同は神妙な顔つきになる。しかし、新作のお菓子を食べられる楽しみが勝って、誰もが目を輝かせていた。

メイーザがテーブルに試作品を並べながら、一つずつ説明を加えていく。

「右の皿は、製菓用ヴィオラベリーを用いたパイです。生地やクリームにも、上の飾りにもヴィオラベリーをふんだんに使用しています」

彼女の言ったとおり、薄紫色のケーキの中心には果実をすりつぶしたクリームが、上には瑞々《みずみず》しいヴィオラベリーがぎっしり載せられている。

「わあ、おいしそう！」

メイドたちが喜びの声を上げるが、メイーザは「まだ次がありますよ」と、隣の皿を指し示した。

「真ん中はアニエス様のお気に入り、ヴィオラベリークッキーです」

紫色の小さなクッキーは、甘酸っぱくしっとりした舌触りが特徴だ。

「最後に、左側はヴィオラベリードーナツです。お菓子はこれだけですが、他にヴィオラベリーパンやヴィオラベリージュースも用意してあります」

テーブルに並んだそれらを切り分け、私たちはさっそく試食を開始した。

「うん、ヴィオラベリーパイが最高だわ！」

「こっちのクッキーも、持って帰りたい……」

メイドさんたちは嬉《うれ》しそうにはしゃいでいる。

「ドーナツは、もう少し果実の風味が欲しいわね。干したヴィオラベリーを入れてみてはどうかしら」

「ドライ・ヴィオラベリーを作れば、パンにも使えそうですね！」

皆で仲良く意見を出し合う。

スートレナの屋敷のメンバーは皆穏やかな性格で、いつもこんな感じなのだ。

そうして、今回はヴィオラベリーパイと、ヴィオラベリークッキー、ヴィオラベリージュースが採用されることに決まる。

ちなみに試食の最中にヘンリーさんが乱入してきて、残っていたお菓子を全部食べてしまった。

（あの細い体のどこに、大量のお菓子が詰め込まれているのかしら）

とても不思議だ。

その後、スートレナの中心街の店でお菓子を委託販売してもらったところ、ヴィオラベリーを使ったお菓子は大人気商品になった。

特にヴィオラベリーパイの流行がすごくて、噂《うわさ》を聞きつけた貴族がこっそりスートレナまで使いを寄越《よこ》すくらいだ。

もくろみ通り、巨大ヴィオラベリーは売れに売れ、「状態保存」や「収納」の魔法を使える人たちが、各地へ果実を配達してくれる。

商人のベルも嬉々《きき》としてヴィオラベリーを大量購入しに来た。

しばらく経《た》つと、様々なパイが各地で誕生し、巨大ヴィオラベリーの良さがデズニム国中に広まったけれど、スートレナのヴィオラベリーパイの売り上げは増える一方で、他領へのお菓子の普及後も元祖として重宝がられるようになった。

もちろん、領主の家のお茶の時間にもヴィオラベリーパイはたびたび登場する。我が家の人気メニューで、メイドさんたちにも好評だ。

ヘンリーさんが砦《とりで》の近くの菓子店で、大量にパイを買っているとの噂もある。

ただ、我が家でパイが出された場合も必ず食べるため、近頃は彼の体型がふっくらしてきたのではという感想があちこちで囁《ささや》かれていた。

巨大ヴィオラベリーを辺境スートレナの特産品として売り出すことに成功した私は、第二弾を提案すべく動いている。

（エメラルドチェリーも、ホワイトマンゴーも、ローズオレンジも全部おいしいのよね）

新しい目玉商品をメイーザと考えながら、私は今日も領主夫人業を極め続けるのだった。

あとがき

はじめまして、桜あげはと申します。

この度は「芋くさ令嬢ですが悪役令息を助けたら気に入られました」をお手にとっていただき、ありがとうございます。

実家の方針を押しつけられ、芋くさいと揶揄《やゆ》されている令嬢と、完璧ゆえに人間味がなく遠巻きにされ、さらには王女から婚約破棄されてしまった公爵令息が出会って、夫婦になり辺境で自由にのびのび生活するお話です。

アニエスは実家の方針のせいで苦労している年頃の女の子。メンタル強めですが、度重なる婚約失敗に落ち込んでいます。

ナゼルバートは隙がなく取っつきづらい印象の公爵令息で、王女によって悪者扱いされていますが、根は善良なスパダリ予備軍です。

書いていて特に楽しかった場面は、個性的な芋くさ一家が出てくるところです。

女性は重量級ドレス、男性は盛り盛りぴっちり白タイツなのですが、番外編にある男性陣の服装がどんな格好か詳しく知りたい方は、「ショース」や「コッドピース」で検索してね。ファンタジー用に変えていますが、参考にしたスタイルの一例が出てきます（笑）

イラストは、くろでこ先生が描いてくださいました。

表紙のアニエスはナチュラルで可愛《かわい》く、ナゼルバートは色っぽいイケメンで、毎回イラストを確認する作業が楽しみでした。

さらにイラストの、チャラチャラしたロビンにニヤニヤが止まりません。

ウェブ版で俺ちゃんロビンは何故《なぜ》か人気キャラ（？）でして、彼の登場回はいつもより多く感想をいただけました（笑）

書籍版では領主夫妻のイチャイチャシーンを増量できたり、番外編でデートシーンを追加できたりしたので、恋愛面でより充実した内容になったのではないかと思っております。

最後に編集様、書籍化のお声がけをいただき、素敵な本を作ってくださいましてありがとうございます！

そして、書籍の刊行・販売に携わってくださいました全ての方々、本を購入してくださった読者様に心より感謝申し上げます。

桜あげは

OVERLAP NOVELS f

芋くさ令嬢ですが悪役令息を助けたら気に入られました 1

発行　2021年5月25日　初版第一刷発行
著者　桜あげは
イラスト　くろでこ
発行者　永田勝治
発行所　株式会社オーバーラップ
〒141-0031　東京都品川区西五反田7-9-5
校正・DTP　株式会社鷗来堂
印刷・製本　大日本印刷株式会社

ISBN 978-4-86554-916-4 C0093

【オーバーラップ　カスタマーサポート】
電話　03-6219-0850
受付時間　10時～18時（土日祝日をのぞく）

作品のご感想、ファンレターをお待ちしています
あて先：〒141-0031　東京都品川区西五反田7-9-5 SGテラス5階　オーバーラップ編集部
「桜あげは」先生係／「くろでこ」先生係

スマホ、PCからWEBアンケートにご協力ください

アンケートにご協力いただいた方には、下記スペシャルコンテンツをプレゼントします。
★本書イラストの「無料壁紙」　★毎月10名様に抽選で「図書カード（1000円分）」

公式HPもしくは左記の二次元バーコードまたはURLよりアクセスしてください。
▶ **https://over-lap.co.jp/865549164**
※スマートフォンとPCからのアクセスにのみ対応しております。
※サイトへのアクセスや登録時に発生する通信費等はご負担ください。

オーバーラップノベルスf公式HP ▶ **https://over-lap.co.jp/lnv/**

第9回 オーバーラップ文庫大賞
原稿募集中！
イラスト：KeG
紡げ、魔法のような物語！
【賞金】
大賞…300万円
（3巻刊行確約＋コミカライズ確約）
金賞……100万円
（3巻刊行確約）
銀賞………30万円
（2巻刊行確約）
佳作………10万円
【締め切り】
第1ターン 2021年6月末日
第2ターン 2021年12月末日
各ターンの締め切り後4ヶ月以内に佳作を発表。通期で佳作に選出された作品の中から、「大賞」、「金賞」、「銀賞」を選出します。
投稿はオンラインで！ 結果も評価シートもサイトをチェック！
https://over-lap.co.jp/bunko/award/
〈オーバーラップ文庫大賞オンライン〉
※最新情報および応募詳細については上記サイトをご覧ください。
※紙での応募受付は行っておりません。